ელისის თავგადასავალი საოცრებათა ქვეყანაში

ელისის თავგადასავალი საოცრებათა ქვეყანაში

ავტორი

ლუის კეროლი

ილუსტრატორი

ჯონ ტენიელი

მთარგმნელი

გიორგი გოკიელი

2016

გამომცემელი/Published by Evertype, 73 Woodgrove, Portlaoise, r32 ENP6, Ireland. www.evertype.com.

ელისის თავგადასავალი საოცრებათა ქვეყანაში (*Elisis t'avgadasavali saoc'rebat'a k'veqanaši*). Original title: *Alice's Adventures in Wonderland*. Author: ლუის კეროლი/Lewis Carroll.

პირველად გამოიცა „კალთას“ მიერ 1997 წელს, თბილისში/First published in 1997 by Kalta, Tbilisi.

პირველი გამოცემა/First edition 2016

ამ წიგნის საკატალოგო ჩანაწერი მოიპოვება ბრიტანეთის ბიბლიოთეკაში.
A catalogue record for this book is available from the British Library.

ISBN-10 1-78201-160-9
ISBN-13 978-1-78201-160-6

ამწყობი შრიფტებით/Typeset in Qeti, Shevardnadze Academy Recut, Academiuri, Grigolia, Mziuri, De Vinne Text, Mona Lisa, ENGRAVERS' ROMAN, Liberty: მიხეილ ევერსონი/by Michael Everson.

ილუსტრაციების ავტორი/Illustrations: ჯონ ტენიელი/John Tenniel, 1865.

ყდის გამფორმებელი/Cover: მიხეილ ევერსონი/Michael Everson.

წინასიტყვაობა

თავდაყირა დაყენებული სამყარო (ანუ მისტერ დოდსონის[1] თავგადასავალი ფანტაზიის სამყაროში)

ბრიტანული ლიტერატურის უკვდავ კლასიკოსთა პანთეონში ლუის კეროლი, როგორც წესი, არ მოიხსენიება ხოლმე. და მართლაც, ისეთ კორიფეთა გვერდით, როგორებიც არიან: უილიამ შექსპირი, ჯორჯ ბაირონი, ჩარლზ დიკენსი, უილიამ თეკერეი — ლუის კეროლის დასახელება თითქოს უადგილოდ ჟღერს. მაგრამ რატომ? ლუის კეროლი ხომ „ელისის თავგადასავლისა“ და „სარკისმიღმეთის“ შემქმნელია — წიგნებისა, რომლებსაც გამორჩეული ადგილი უჭირავს მსოფლიო ლიტერატურაში, ასზე მეტ ენაზეა თარგმნილი და დაბეჭდილ ეგზემპლართა რაოდენობა ნახევარ მილიარდს აღწევს. ლიტერატურათმცოდნეების გარდა, კეროლის ზღაპრებს გულდასმით იკვლევენ ფსიქოლოგები და ფსიქოანალიტიკოსები, ფიზიკოსები და ფილოსოფოსები, მათემატიკოსები და ლოგიკოსები. დღეს უკვე ცხადი გახდა, რომ XX საუკუნის ისეთი ლიტერატურული მიმდინარეობები, როგორებიცაა: სიურრეალიზმი, ეგზისტენციალიზმი, აბსურდის თეატრი თუ პრაღის გერმანულენოვანი

1 ქართულ ტრანსლიტერაციას სახელი Dodgson გადმოაქვს, როგორც „დოჯსონი“, თუმცა ავტორის ოჯახის გადმოცემის მიხედვით, თვითონ ის წარმოთქვამდა თავის სახელს, როგორც „დოდსონ“. მ.ე.

სკოლა (კერძოდ, ფრანც კაფკას შემოქმედება) ბევრი პირ-დაპირი თუ ირიბი ნიშნით ამჟღავნებს კავშირს კეროლის წიგნებთან.

ციტატები „ელისიდან“ პირზე აკერიათ პოლიტიკოსებსა და ორატორებს. ბევრი ფრაზა თუ გამოთქმა ბუნებრივად დამ-კვიდრდა ინგლისელთა მეტყველებაში. ვაწყდებით პარა-დოქსულ სიტუაციას: ლუის კეროლი ერთდროულად აღიარე-ბულიც არის და „დაჩაგრულიც“. ლიტერატურის იმ ზღვაში, რომელიც მის ცხოვრებასა და მოღვაწეობას ეხება, ათასგვარი ეპითეტით ამკობენ — უჩვეულოსა და მახვილგონიერს, ირო-ნიულსა და პოეტურს, უცნაურსა და ჯადოსნურს, გამომგო-ნებელსა და ნოვატორს უწოდებენ, „დიდ ინგლისელ მწერლად“ კი არავინ მოიხსენიებს. დიდი მწერალი მკითხველის წარმოდგენაში ხომ ხშირად ერთგვარი ბრძენია, მრავალტომეული თხზულებების ავტორი, რომლის ჩარჩოში ჩასმული პორტრეტები ამშვენებს ბიბლიოთეკების დარბაზებსა თუ სასწავლო აუდიტორიებს. ლუის კეროლი, როგორც მწერალი და პიროვნება, ამგვარ ჩარჩოს არ ერგება. იგი არც თავისი დროის წარმმართველი ლიტერატურული მიმდინარეობების თვალსაჩინო წარმომადგენელი ყოფილა და არც რომელიმე „იზმის“ მამამთავარი (კაცმა რომ თქვას, მწერალიც შემთხვევის წყალობით გახდა, თუმცა ამაზე — ქვემოთ). კეროლი თავის ნაწარმოებებში არ ცდილობს, დაგვიხატოს ეპოქის სურათი, არაფერს გვასწავლის, არც ცხოვრებისეული პრობლემებისა და ადამიანის ფსიქოლოგიის წიაღში შევყავართ. მისი შემოქმედება თამაშია — ციფრებით, სიტყვებითა თუ სახე-ცნებებით; „ინტელექტუალური არდადე-გები“ (გ. კ. ჩესტერტონი) ფანტაზიის ქვეყანაში.

ოქსფორდში მას იცნობდნენ, როგორც ჩარლზ ლატუიჯ დოდსონს, დიაკვანსა და მათემატიკოსს (ფრიად მნიშვნელო-ვანი ნაშრომების ავტორს ამ დარგში), ქრაისტ-ჩერჩის კოლე-ჯის მასწავლებელს, რომელიც თუკი რამით იქცევდა საზოგა-დოების ყურადღებას, უთუოდ თავისი ახირებული და უცნაური ქცევით. მისი ლიტერატურული გატაცებების შესახებ კი თით-ქმის არავინ იცოდა.

კოლეგები და სტუდენტები პედანტად მიიჩნევდნენ და არცთუ უსაფუძვლოდ. დღიურებში თავის ყოველ ფეხის ნაბიჯს აღნუს-ხავდა. მაგალითად, დაანგარიშებული ჰქონდა, რომ უნივერ-სიტეტის სასადილოში ევახშმა რვა ათასჯერ, ხოლო 1861 წლი-

დან მოყოლებული ოცდახუთი წლის განმავლობაში გაეგზავნა ოთხმოცდათვრამეტი ათას შვიდას ოცდაერთი წერილი.

მარტოობა უყვარდა; დიდად არც ქალების საზოგადოება იზიდავდა. საერთოდ, დაძაბული იყო მოზრდილებთან ურთიერთობაში — ენა ებმოდა და უხერხულობა იპყრობდა ხოლმე.

მხოლოდ ბავშვებთან გრძნობდა თავს კარგად (განსაკუთრებით პატარა გოგონები უყვარდა; ბიჭებს ნაკლებად სწყალობდა). თითქოს სხვა ადამიანად იქცეოდა: გამხიარულდებოდა ხოლმე და აღარც სიმორცხვე ეტყობოდა, იწყებდა ამბების მოყოლას, იგონებდა მათთვის გამოცანებს, რებუსებსა და სხვა გასართობებს, დაჰყავდა სასეირნოდ.

გარეგნობაც თავისებური ჰქონდა: გამხდარი, აწოწილი, ცისფერთვალება, ასიმეტრიული სახისა და სხეულის პატრონი, ენაბლუ და ცალი ყურით თითქმის ყრუ. სიტყვა-პასუხითა და საქციელით — უცნაური, გატაცებებიც — უჩვეულო: განა გასაკვირი არ არის, უნივერსიტეტის დარბაისელი პროფესორი ფოტოგრაფიამ გაიტაცოს და ზურგზე აკიდებული ვეებერთელა აპარატით ქუჩა-ქუჩა დადიოდეს? არადა, დღეს იგი ფოტოხელოვნების ერთ-ერთ პიონერად და თვალსაჩინო ოსტატადაა მიჩნეული.

ერთი სიტყვით, თანამედროვეთა აღწერილობისა თუ სხვადასხვა დოკუმენტური წყაროდან გამომდინარე, ჩვენ წინაშე იხატება უცნაური და ზოგჯერ არცთუ ისე მიმზიდველი თვისებების მქონე კაცის სახე. ალბათ, სწორედ ეს აძლევს საბაბს მკვლევართა ნაწილს, სხვადასხვა ,,კომპლექსი" თუ არაჯანსაღი მიდრეკილება ეძებოს მის პიროვნებაში. თუმცა ეს მეორეხარისხოვანი საკითხია. მთავარი გამოცანა კი, რომელსაც კეროლის შემოქმედების ყველა მკვლევარი აწყდება, არის ის, თუ როგორ თანაარსებობდა ერთ ფიზიკურ სხეულში ორი ესოდენ განსხვავებული პიროვნება, სრული ანტიპოდები (ანტიპათიებიო, იტყოდა ელისი):

ღირსი მამა ჩარლზ ლატუიჯ დოდსონი: ვიქტორიანული ეპოქის ღვიძლი შვილი, თავგამოდებული ანგლიკანელი, სულით ხორცამდე კონსერვატორი, ღრმად მოწიწებული სოციალურ საფეხურზე მასზე მაღლა მდგომთა მიმართ. სტუდენტების აზრით, მისი ლექციები დუნე, უინტერესო და მოსაწყენი იყო. არც დოდსონი გახლდათ აღფრთოვანებული თავისი სტუდენტებით. იგი იმ ყაიდის ადამიანებს მიეკუთვნებოდა, რომლებიც მიიჩნევენ, რომ მათი დროის ახალგაზრდობა სულ სხვაგვარი იყო, უფრო მუყაითი და ზრდილობიანი. აღზრდა-

განათლების საკითხში ტრადიციულ, კონსერვატიულ შეხედულებებს იზიარებდა. მაგალითად, აპირებდა შექსპირის თხზულებების რედაქტირებული, „თავშეკავებული“ ვარიანტის გამოცემას კეთილშობილი ინგლისელი ქალწულებისთვის და ამ მიზნით ტექსტიდან, მისი აზრით, ზედმეტი, „უხამსი“ სტრიქონების ამოღებას. კეროლის მკვლევარი მარტინ გარდნერი ასე ახასიათებს დოდსონს: „ეს იყო ფუსფუსა, თავდაჭერილი, მიზეზიანი, კეთილი, თვინიერი, მოწესრიგებული მარტოხელა კაცი, რომელიც უსქესო, მშვიდი და ბედნიერი ცხოვრებით ცხოვრობდა“. ასეთად წარმოდგა იგი პირადი დღიურებიდანაც, რომლებიც პირველად 1953 წელს გამოქვეყნდა. ვინც იმედოვნებდა, რომ მათი გამომზეურების შემდეგ რაღაც ახალს შეიტყობდა ენიგმატური ავტორის დაფარული შინაგანი სამყაროს შესახებ, იმედგაცრუებული დარჩა. აღმოჩნდა, რომ ეს დღიურები სხვა არაფერია, თუ არა ავტორის მონოტონური ყოველდღიურობის ზედმიწევნითი და გულმოდგინე აღწერა — იმისა, თუ სად იყო დღის განმავლობაში, ვის შეხვდა, რა წაიკითხა და ასე შემდეგ. როგორც ჩანს, პირადი დღიურების დანიშნულებად სწორედ ფაქტების ჩამოთვლა მიაჩნდა და არა მოსაზრებებისა თუ შთაბეჭდილებების აღბეჭდვა.

და ლუის კეროლი: ექსცენტრიული მეზღაპრე, მოუსვენარი და გამომგონებელი, ხუმარა და პარადოქსალისტი (ამტკიცებდა, გაჩერებული საათი სჯობია ოდნავ არასწორს, ვინაიდან ეს უკანასკნელი არასოდეს აჩვენებს ზუსტ დროს, პირველი კი — დღეღამეში ორჯერ სწორიაო), ელვარე ნიჭითა და უსაზღვრო ფანტაზიით დაჯილდოებული მთხრობელი, ხშირად — ირონიული და დამცინავი სენტიმენტალობის, დიდაქტიზმისა თუ კეთილგონიერების მოსაწყენი მორალის მიმართ, რაც დოდსონისთვის წმინდა ცნებებია.

ლუის კეროლი მხიარულ და დამცინავ პაროდიებს წერს უორდსუორთის, უოტსისა და სხვათა მდარე აღმზრდელობით ლექსებზე, ჩარლზ დოდსონს კი სწამს, რომ ყველა ბავშვმა ზეპირად უნდა დაისწავლოს ისინი, რათა ღირსეული ლედი ან ჯენტლმენი დადგეს; კეროლი ქილიკობს საზოგადოებაში მიღებულ ქცევის მექანიკურ წესებსა და რიტუალებზე, პიროვნების შემბოჭველ ათასგვარ პირობითობაზე, დოდსონს კი ვერ წარმოუდგენია მათ გარეშე ცხოვრება, ვინაიდან ყოველივე ეს ძვალ-რბილში აქვს გამჯდარი. მის გულში სამეფო ოჯახის წარმომადგენლები, ლორდები თუ პერები უდიდეს მოწიწებას აღძრავენ, კეროლისთვის კი მეფე-დედოფალი მთელი თავისი

ამალით საბოლოოდ „უბრალო კარტის დასტაა და მეტი არაფერი“.

დოდსონ-კეროლის ამგვარი გაორების საკითხს არაერთი სამეცნიერო შრომა მიეძღვნა, ახსნით კი ვერავინ ახსნა. დღევანდელი გადასახედიდან მართლაც ძნელია ამის შესახებ მსჯელობა, მის თანამედროვეთაგან კი არავის უცდია დაენახა ის, რაც მისტერ დოდსონის დამცველი გარსის უკან იმალებოდა. ან ვის ეცალა საამისოდ, იმდროინდელი ოქსფორდელი გამოჩენილი მოაზროვნეები ხომ გაცილებით უფრო აქტუალური პოლიტიკური თუ რელიგიური პრობლემის თაობაზე მიმდინარე კამათით იყვნენ გართულნი. „ელისის თავგადასავლის“ გამოქვეყნების შემდეგ კეროლმა კიდევ ოცდაათ წელზე მეტხანს იცხოვრა ოქსფორდში, შეუმჩნევლად, როგორც უჩინმაჩინმა. მხოლოდ მისი გარდაცვალების წელს (1898) სტიუარტ დოდსონ კოლინგვუდის მიერ გამოქვეყნებულმა ბიძამისის ბიოგრაფიამ — „ლუის კეროლის ცხოვრება და წერილები“ — გამოაცოცხლა საზოგადოების ინტერესი ამ უცნაური მეზღაპრე-მათემატიკოსის მიმართ.

შეიტყვეს, რომ ჩარლზ ლატუიჯ დოდსონი 1882 წლის 27 იანვარს დაბადებულა ჩეშირის საგრაფოს პატარა სოფელ დერსბერიში, ადგილობრივი ეკლესიის წინამძღვრის ოჯახში. სახელი მამისა დაარქვეს, ლატუიჯი კი დედის გვარი იყო. მოგვიანებით არჩეული ფსევდონიმი ამ ორი სიტყვის ორმაგი ტრანსფორმაციის შედეგადაა მიღებული. მწერალმა ჯერ ლათინურად თარგმნა ისინი: ჩარლზ ლატუიჯ — კაროლუს ლუდოვიკუს. შემდეგ ადგილები შეუცვალა და ახლა უკვე სხვა ინგლისური შესატყვისები მოუძებნა. ასე გაჩნდა ფსევდონიმი „ლუის კეროლი“. მაგრამ ეს მოხდა მხოლოდ 1856 წელს. მანამდე დოდსონმა ისწავლა რიჩმონდისა და რაგბის სკოლებში, შემდეგ კი თავისი ცხოვრება დაუკავშირა ოქსფორდის ქრაისტჩერჩის კოლეჯს, თავდაპირველად როგორც სტუდენტმა, შემდეგ კი — მასწავლებელმა. იგი მისდევდა მათემატიკურ ლოგიკას, დისციპლინას, რომელიც მაშინ ახალი ხილი იყო, შემდეგ კი დაკავშირებული აღმოჩნდა ისეთ დარგებთან, როგორებიცაა კიბერნეტიკა, მათემატიკური (სტრუქტურული) ლინგვისტიკა და სხვა.

პარალელურად, დოდსონი თანამშრომლობდა სხვადასხვა ჟურნალ-გაზეთთან, აქვეყნებდა სახუმარო ლექსებს, გამოცანებსა თუ თავსატეხებს, რომლებიც უკვე „ელისის“ შემდეგ ცალკე წიგნებად გამოსცა. ესენია „ფანტასმაგორია“ (*Phantas-*

magoria, 1869) და „რითმა? გონება?“ (*Rhyme? And Reason?*, 1888). კეროლს კიდევ ორი ცნობილი ნაწარმოები ეკუთვნის: პოემა „სნარკზე ნადირობა“ (*The Hunting of the Snark*, 1876) და სქელტანიანი რომანი „სილვი და ბრუნო“ (*Sylvie and Bruno*, 1889-93).

და მაინც, „რობინზონისა“ და „გულივერის“ შემქმნელთა მსგავსად, ლუის კეროლიც ერთი წიგნის ავტორად შემორჩა შთამომავლობას. მართალია, „ელისის თავგადასავალი საოცრებათა ქვეყანაში“ (*Alice's Adventures in Wonderland*) 1865 წელს გამოვიდა, „ელისი სარკისმიღმეთში“ (*Through the Looking-Glass*) კი ექვსი წლის შემდეგ (1871 წელს), მაგრამ დღეს ორივე ზღაპარი ერთ მთლიან წიგნად აღიქმება და ხშირად გამოდის კიდეც ასე.

თავისთავად საინტერესოა, თუ როგორ დაიწყო ელისის მოგზაურობა მსოფლიო ლიტერატურაში. 1862 წლის 4 ივლისს (ამერიკელ პოეტ უისტან ჰიუ ოდენს (W. H. Auden, 1907–1973) უთქვამს, 4 ივლისის დღე ლიტერატურის ისტორიისთვის ისევე მნიშვნელოვანია, როგორც ამერიკის შეერთებული შტატების ისტორიისთვისო) ჩარლზ დოდსონმა მდინარე ისისზე ნავით სასეირნოდ წაიყვანა თავისი პატარა მეგობრები, ქრაისტჩერჩის კოლეჯის დეკანის, ჰენრი ლიდელის სამი ქალიშვილი: ლორინა, ელისი და ედითი. მათ ახლდა დოდსონის კოლეგა, მათემატიკოსი რობინსონ დაკუორთი. გოგონები ყოველ ასეთ გასეირნებაზე ზღაპრის მოყოლას ითხოვდნენ ხოლმე თავიანთი უფროსი მეგობრისგან. ამჯერადაც სთხოვეს და მისტერ დოდსონი იძულებული გახდა, ექსპრომტად წამოეწყო თხრობა. „კარგად მახსოვს, — იგონებდა კეროლი მრავალი წლის შემდეგ, — რაიმე ახალი ამბის მოგონებას ვცდილობდი და ჩემი გმირი კურდღლის სოროში ჩავგზავნე. ის კი აღარ მიფიქრია, შემდეგ რა უნდა მომხდარიყო“.

მთავარი გმირი კი შუათანა და, ელისი იყო, მისტერ დოდსონის ყველაზე დიდი პატარა მეგობარი (სხვა პერსონაჟებს შორის დანარჩენ ორ დასაც ვხვდებით. ლორინა თუთიყუში ლორია, ედითი კი არწივის მართვე ედი).

„ელისის თავგადასავალი მიწის ქვეშ“, რომელიც ზეპირი სახით არსებობდა რამდენიმე წლის განმავლობაში, ელის ლიდელის თხოვნით, კეროლმა ჩაწერა, თვითონვე დაასურათა და გოგონას საშობაო საჩუქრად მიართვა. იმ დროს გამოცემაზე არც უფიქრია. მიაჩნდა, რომ ვინაიდან წიგნი გარკვეულ პიროვნებებს ეძღვნებოდა, ბევრი რამ მხოლოდ მათთვის

იქნებოდა გასაგები, სხვებს კი არ დააინტერესებდა. შესაძლოა, „ელისის თავგადასავალი“ არც არასოდეს გამოექვეყნებინა, ახლობლებს რომ არ დაექინათ. ბოლოს შეთანხმდნენ, ხელნაწერი ჯორჯ მაკდონალდს, თვითონაც ცნობილ მწერალ-მეზღაპრეს, საცდელად თავისი შვილებისთვის შეეთავაზებინა. თუ ბავშვები სიამოვნებით წაიკითხავდნენ, წიგნად გამოეცათ. ბავშვები აღტაცებულნი დარჩნენ. უმცროსმა ვაჟიშვილმა კი დაამატა, ნეტავ კიდევ სამოცი ათასი ასეთი წიგნი არსებობდესო.

ამის შემდეგ კეროლმა საფუძვლიანად გადააკეთა თავისი ხელნაწერი, რამდენიმე ეპიზოდი დაუმატა და სათაურიც შეუცვალა: „მიწისქვეშეთის“ მაგივრად „საოცრებათა ქვეყანა“ გაჩნდა. 1865 წელს ჩარლზ დოდსონმა საკუთარი ხარჯით გამოსცა „ელისის თავგადასავალი საოცრებათა ქვეყანაში“. გამომცემლობა „მაკმილანმა“ წიგნი ოქსფორდის უნივერსიტეტის სტამბაში დააბეჭდვინა. მაგრამ წიგნის მხატვარმა, — ჯონ ტენიელმა, დაიწუნა ილუსტრაციების ხარისხი, კეროლმაც უარი თქვა ტირაჟზე (მხოლოდ 48 ცალი იქნა აკინძული და გაგზავნილი მეგობრებისთვის) და შეკვეთა გადაეცა ფირმას „რიჩარდ კლეი და შვილები“. პირველი ორი ათასი ეგზემპლარი სწრაფად გაიყიდა და საჭირო გახდა ტირაჟის დამატება. წიგნს იმხელა წარმატება ხვდა წილად, ავტორი რომ არ მოელოდა. ლუის კეროლი ცნობილ პიროვნებად იქცა. მალე „ელისის თავგადასავალი“ ფრანგულ და გერმანულ ენებზედაც ითარგმნა.

გავიდა ექვსი წელი და 1871 წელს ლუის კეროლმა გამოსცა გაგრძელება, კიდევ ერთი წიგნი ელისის შესახებ — „სარკისმიღმეთი და რა იხილა იქ ელისმა“. მთავარი პერსონაჟის, ელისის გარდა, ამ ზღაპრებს ისიც აერთიანებთ, რომ ორივე მათგანში მოქმედება სიზმარში ხდება. მაგრამ თუკი პირველი წიგნი სათამაშო კარტის სამყაროა, მეორეში ელისი ჭადრაკის ქვეყანაში აღმოჩნდება.

1897 წელს კეროლი საშობაოდ ეწვია თავის დებს გილფორდში, სარის საგრაფოში. ეს ბოლო მოგზაურობა აღმოჩნდა კაცისთვის, რომელიც თითქმის არასოდეს ტოვებდა ოქსფორდს (ერთადერთხელ იმოგზაურა საზღვარგარეთ — რუსეთში, 1867 წლის ზაფხულში). 1898 წლის 14 იანვარს იგი მოულოდნელად გარდაიცვალა.

ამის შემდეგ კეროლის სახელი, როგორც ხშირად ხდება ხოლმე, გარკვეული ხნით კვლავ დავიწყებას მიეცა. თუმცა

დადგა საიუბილეო 1932 წელი და მწერლის სამშობლოში ფართოდ აღინიშნა მისი დაბადების 100 წლისთავი. მსოფლიომ ხელახლა აღმოაჩინა ლუის კეროლის განუმეორებელი სამყარო. ცხადი გახდა, რომ „ელისის თავგადასავალი“ მარტოოდენ საყმაწვილო წიგნი არ არის. ბავშვების თავშესაქცევად ნავში მოყოლილი უბრალო ამბები ავტორის პირვანდელი ჩანაფიქრის ჩარჩოებს გასცდა და ახალი მნიშვნელობა შეიძინა. გაირკვა, რომ ზღაპარი ნამდვილად ნოვატორულია ინგლისურ საბავშვო ლიტერატურაში: „ელისში“ მთლიანად დარღვეულია ჯადოსნური ზღაპრის მორფოლოგია და ტრადიციული კანონები, უფრო მეტიც, ზოგან იუმორი სწორედ ამ კანონების პაროდირებაზეა აგებული.

ზოგიერთი მკვლევარი გამოთქვამს თვალსაზრისს, რომლის მიხედვითაც კეროლის წიგნების „გემოს“ ბოლომდე გაგება მხოლოდ მოზრდილ მკითხველს შეუძლია (მიუხედავად იმისა, რომ ბავშვებისთვის დაიწერა და საყვარელ წიგნებად იქცა კიდეც არაერთი თაობის ბავშვებისთვის). ამასთან, სხვადასხვა დროის ბავშვები სხვადასხვანაირად აღიქვამდნენ ამ უცნაურ ზღაპრებს: თუკი კეროლის თანამედროვე ბავშვები დიდი გატაცებით კითხულობდნენ მათ, დღევანდელ მოზარდებს საგონებელში აგდებს და ზოგჯერ აშინებს კიდეც ალაგ-ალაგ კოშმარის მსგავსი ეს სიზმარ-ზღაპარი. ამ მკვლევრებს მიაჩნიათ, რომ დიდი ხანია, წავიდა ის დრო, როცა თხუთმეტ წლამდე ასაკის ბავშვები თავდავიწყებით კითხულობდნენ კეროლს. მაგალითად, ჩვენ მიერ უკვე ნახსენები მარტინ გარდნერი აცხადებს, „ელისი“ ცოცხალია მხოლოდ იმიტომ, რომ მოზრდილები, მათემატიკოსები და ბუნებისმეტყველები მას დღემდე გატაცებით კითხულობენო. სხვები კი გადაჭრით უარყოფენ ამ თვალსაზრისს და კეროლის წიგნებს წმინდა საბავშვო ლიტერატურას მიაკუთვნებენ. ყველა ეს მოსაზრება თავისებურად საყურადღებოა: ალბათ, თითოეულში დევს ჭეშმარიტების მარცვალი. მაგრამ როცა თავად კეროლს ჰკითხეს მის წიგნში დაფარული აზრის შესახებ, უპასუხა, რომ აზრი კი არა, უფრო უაზრობა აინტერესებდა. თუმცა დასძინა, რომ ვინაიდან სიტყვები, რომლებსაც ვიყენებთ, სინამდვილეში გაცილებით მეტ აზრს გამოხატავენ, ვიდრე ჩვენ მათში ვდებთ, წიგნად დაწერილიც ავტორის ჩანაფიქრზე მეტს უნდა ნიშნავდეს და, აქედან გამომდინარე, მივესალმები ყოველ აზრს, რომელსაც ჩემს წიგნში იპოვიანო.

„ელისის თავგადასავალი“ იმ წიგნების რიცხვს მიეკუთვნება, რომლებსაც მას შემდეგ, რაც ბავშვობის ასაკში გაეცნობა კაცი, სიცოცხლის განმავლობაში კიდევ რამდენჯერმე უბრუნდება. ამასთან, ყველა ასაკის მკითხველი ახალ, თავისთვის საინტერესო შრეს სწვდება, ახალ ნიუანსებსა და ფერებს ადმოაჩენს. ბავშვებთან საუბრისას კეროლი არ ისახავდა მიზნად მათთვის გასაგები, „ბავშვური“ ენით ელაპარაკა, არ უჩლექდა ენას (გამონაკლისი მისი წარუმატებელი წიგნი *სილვი და ბრუნოა* რომელიც, შესაძლოა, მოზრდილი მკითხველისთვისაა განკუთვნილი), პირიქით, საკმაოდ დატვირთულ, „მოზრდილთა“ საზრდოს აწვდიდა მათ ცოცხალ, უშუალო გონებას. ეს ბავშვების აღქმაში ცინცხლად, ხშირად მოულოდნელი კუთხით აღიბეჭდებოდა ხოლმე: სენტ-ეგზიუპერიმაც დაგვანახა მრავალი წლის შემდეგ, რომ ხშირად ის, რაც მოზრდილისთვის ფარფლიანი ქუდია, ბავშვის წარმოსახვაში სპილოგადაყლაპული მახრჩობელა გველი შეიძლება იყოს. „ელისის თავგადასავლის“ თავისებურებას მისი ინტიმურობაც განაპირობებს: შეიქმნა კამერულ ვითარებაში, ეძღვნება ადამიანთა ვიწრო წრეს და საუბრობს იმის შესახებ, რაც, უპირველეს ყოვლისა, მათთვის იყო ახლობელი და გასაგები. არც ჰქონია პრეტენზია, სხვებისთვის საინტერესო ყოფილიყო. მაგრამ მას შემდეგ, რაც გადამუშავებულმა ვარიანტმა დამოუკიდებელი ცხოვრება დაიწყო, „სიტყვებმა თავს მიხედეს“ (როგორც დუკასქალი იტყოდა) და ბევრი განსხვავებული ასაკისა და ინტელექტის მქონე მკითხველის გულში ჰპოვეს გამომახილი. არავინ ელოდა, რომ კეროლის წიგნებს ზემოქმედების ასეთი ძალა აღმოაჩნდებოდა. ამ მორიდებულმა ვიქტორიანელმა, რომელიც ისე შეერწყა თავისი დროის ცხოვრებას — ყოფას, აზროვნებას, ზნე-ჩვეულებებს, რომ ლამის უჩინარი გახდა, ამავე დროს, თითქოს ღრუბელივით შეისრუტა და საკუთარ პიროვნებასა და შემოქმედებაში აირეკლა ამ ეპოქისთვის დამახასიათებელი ზნეობრივ-ფსიქოლოგიური, ხშირ შემთხვევაში, პოლარულად კონტრასტული ნიშნები. ალბათ, ამიტომაცაა, რომ არც ერთ სხვა წიგნს (შესაძლოა, ჯოისის „ულისეს“ გარდა) არ მიეძღვნა კონკრეტული რეალიებისა თუ სიმბოლოალეგორიების განმმარტავი ამდენი კომენტარი. ისიც უნდა აღინიშნოს, რომ ამ კომენტართა უმეტესობა მაინც ჰიპოთეზურია. ძნელია დანამდვილებით იმის მტკიცება, შეიცავს თუ არა კეროლის ზღაპრები რელიგიური პოლემიკის გამოძახილს, პოლიტიკური ლიდერების სატირულ პორტრეტებს (მაგალითად,

ინგლისის პრემიერ-მინისტრების, გლადსტონისა და დიზრაელის) ან საზოგადოებრივი ცხოვრების სხვა სფეროთა კრიტიკას, თუ ისინი მართლაც შედეგია უშფოთველი და უზრუნველი ვიქტორიანელი ჯენტლმენის „გონებრივი არდადეგებისა“. თუმცა საბოლოოდ, მკითხველთა უმეტესობისთვის ამგვარი წიაღსვლები არც ისე მნიშვნელოვანია. „ელისის თავგადასავლის“ პოპულარობისა და სიცოცხლისუნარიანობის მიზეზი ალბათ უფრო მარტივია, ვიდრე ამას ხშირად თეორეტიკოსები სახავენ: მას შემდეგ, რაც ელისს კურდღლის სოროში ჩავყვებით, ან მასთან ერთად სარკის მიღმა გადავაბიჯებთ, ჯადოსნურ, მოულოდნელობებით აღსავსე სამყაროში ვიძირებით, რომელიც უცნაური, მეტწილად თავკერძა და ახირებული, მაგრამ თავისებურად მომხიბლავი და საინტერესო არსებებითაა დასახლებული. პერსონაჟებისა და სიტუაციების დახატვისას კეროლის ფანტაზიასა და გამომგონებლობას საზღვარი არა აქვს. მისი იუმორი თვითმყოფადი და განუმეორებელია, ხოლო თხრობის სტილი — ცოცხალი და უშუალო. ეს სამყარო გვაჯადოებს თავისი უჩვეულობით, გროტესკულობით, გონებამახვილური ნონსენსითა და ხალისიანი ხუმრობებით. აქ სევდიანი ლირიზმი თანაარსებობს მხიარულ პაროდიებთან, მოულოდნელი პარადოქსები და სიტყვებით თამაში კი — მარტოობის, დროის დინებით გამოწვეული სევდისა და სიკვდილის თემებთან. განსაკუთრებით აღსანიშნავია კეროლის სიტყვებით თამაშის ხელოვნება, უნარი ჩვეულებრივი სიტყვების ახალი კუთხით წარმოჩენისა. მთავარი კი ამ წიგნში მაინც სიყვარულია, თბილი და ფაქიზი გრძნობა პატარა მეგობრის, ელისისადმი — დიდი სიყვარული, ბედნიერი და თან ნაღვლიანი, რომელიც მთელ წიგნს, მის ყოველ ფურცელს გასდევს. ბედნიერია იმიტომ, რომ ეს მეგობრობა არსებობს — წმინდა და უშუალო, მაგრამ ნაღველიც ახლავს გარდაუვალი განშორების გამო (ასეთი იყო ამ ხანმოკლე და წარმავალ ურთიერთობათა თავისებურება: პატარა მეგობრები იზრდებოდნენ, კეროლი კი დიდ ცხოვრებაში მათი გაცილების შემდეგ ისევ ბავშვობის სამყაროში რჩებოდა). სწორედ ამით გამოწვეული სევდა განაპირობებს ორივე ზღაპარ-სიზმრის დასაწყისისა და დასასრულის სენტიმენტალურ და გულში ჩამწვდომ ინტონაციას — და სიზმარიც ხომ თავისთავად ხანმოკლე და წარმავალია.

ლუის კეროლი სიცოცხლის ბოლომდე ინახავდა გულში ამ სათუთ გრძნობას თავისი „ოცნების ბავშვის“ (dreamchild), ელის

პლეზენს ლიდელისადმი, ისე, როგორც შორეული მოგზაურობიდან დაბრუნებული პილიგრიმი ინახავს წმინდა ადგილების სახსოვარს — დამჭკნარი ყვავილების გვირგვინს.

ზღაპრის დასაწყისში ელისი კითხულობს: „რის მაქნისია წიგნი, რომელსაც არ აქვს სურათები?“ და ეს კითხვა მართებულია ამ წიგნთან მიმართებაშიც. მართლაც, ის, რომ „ელისი“ ესოდენ ცნობილი და საყვარელი წიგნი გახდა მთელ მსოფლიოში, მარტოოდენ კეროლის დამსახურება არ არის, ამაში თავისი დიდი წვლილი შეიტანა ბრწყინვალე ილუსტრაციებმაც, რომლებმაც დაამშვენა პირველი გამოცემა. ლუის კეროლი წიგნის დასურათებას ისეთსავე მნიშვნელობას ანიჭებდა, როგორც საკუთრივ ტექსტს. ამიტომ დიდხანს არჩია და იჭოჭმანა, სანამ ილუსტრაციების შექმნას დაუკვეთდა ცნობილ გრაფიკოსს, ჯონ ტენიელს (1820–1914), რომელიც იმხანად იუმორისტულ ჟურნალ „პანჩის“ (*Punch*) კარიკატურისტად მუშაობდა და ეზოპეს იგავ-არაკების დასურათების გამოცდილებაც ჰქონდა. არჩევანმა გაამართლა, მიუხედავად იმისა, რომ ჯონ ტენიელთან კეროლის თანამშრომლობა მარტივი არ აღმოჩნდა. ტენიელს ხელნაწერის გაცნობის შემდეგ თითქმის წელიწადნახევარი დასჭირდა ილუსტრაციების შესაქმნელად. გარდა ამისა, იგი ბევრს ჭირვეულობდა, საკუთარ პირობებს უყენებდა ავტორს, ედავებოდა, ტექსტში შესწორებებს მოითხოვდა, მეორე წიგნის დასურათებაზედაც არ დასთანხმდა მანამ, სანამ კეროლისგან სრული შემოქმედებითი თავისუფლების პირობა არ მიიღო და, ამასთან, „სარკისმიღმეთიდან“ მთელი ერთი თავი, „პარიკიანი ბზიკი“ არ ამოაღებინა.

საბოლოოდ შეიქმნა ოთხმოცდათორმეტი გრავიურისგან შემდგარი ილუსტრაციების სერია, რომლებიც დღემდე შეუდარებლად მიიჩნევა, მიუხედავად იმისა, რომ „ელისი“ დაასურათა კიდევ მრავალმა შესანიშნავმა მხატვარმა (ილუსტრატორთა რაოდენობის მიხედვით, კეროლის დილოგია ერთ-ერთ პირველ ადგილზეა მსოფლიო ლიტერატურაში): ფერადოვან და მდიდრულ ილუსტრაციებთან ერთად გვხვდება მონოქრომული და მინიმალისტური ხერხებით შესრულებული ნამუშევრებიც;

არსებობს ჩარლზ რობინსონისა (Charles Robinson) და ართურ რეკჰემის (Arthur Rackham) მოდერნის სტილში შესრულებული დასურათება, სალვადორ დალისა (Salvador Dalí) — სიურრეალისტურში, ოციან-ოცდაათიანი წლების საგაზეთო რეკლამების ესთეტიკის შესაბამისად — რალფ სტედმენისა (Ralph Steadman) და თანამედროვე „ფენტეზის" ჟანრის მხატვრის, როდნი მეთიუზისა (Rodney Matthews); და მაინც, დღემდე სწორუპოვრად ჯონ ტენიელის ორიგინალური ილუსტრაციებია მიჩნეული. ანაბეჭდების ესკიზები ტენიელმა საკუთარი ხელით გადაიტანა ხეზე, რის შემდეგაც წიგნისთვის განკუთვნილი გრავიურები ძმები დელზილების (Dalziel Brothers) სახელოსნოში დამზადდა. ტენიელის ნახატები მკვეთრად თავისებური, ინდივიდუალური ხელწერით გამოირჩევა, მისი ილუსტრაციები ისე ბუნებრივად ერწყმის ტექსტს, რომ განუყოფელი ხდება მისგან (ამ თვალსაზრისით, ტენიელის „ელისს" ხშირად გვერდით უყენებენ წიგნის მხატვრობის ისეთ კლასიკურ ნიმუშებს, როგორებიცაა ჟან გრენვილის ილუსტრაციები სვიფტის „გულივერის მოგზაურობისთვის" და გუსტავ დორესი — სერვანტესის „დონ კიხოტისთვის"). მხატვარმა უშეცდომოდ განსაზღვრა კეროლის ზღაპრების გამორჩეული ხასიათი, არ მიუდგა „ელისს", როგორც მხოლოდ საბავშვო წიგნს და, შესაბამისად, არც ილუსტრაციები გამოუვიდა ტიპურად საბავშვო: ტენიელის ელისი სულაც არ ჰგავს შვიდი წლის „საყვარელ" ბავშვს: მას არაბავშვური სახის გამომეტყველება, არც ისე ლამაზი ნაკვთები და სხეულთან შედარებით არაპროპორციულად დიდი თავი და მოკლე ფეხები აქვს; თანაც ვერსად ნახავთ გაღიმებულს. მთლიანობაში, ტენიელის მიერ შექმნილი სამყარო თავისი მრავალსახოვნებით, უცნაურობითა თუ გროტესკულობით ტოლს არ უდებს კეროლის ტექსტს.

„ელისის" ილუსტრაციები ჯონ ტენიელის შემოქმედების მწვერვალია. საკვირველია, მაგრამ ეს წიგნი მისთვის ბოლო აღმოჩნდა, თუმცა კიდევ ორმოც წელზე მეტხანს იცოცხლა. „უცნაური ამბავია, — წერდა მხატვარი მოგვიანებით, — „სარკისმიღმეთის" შემდეგ სრულიად დამეკარგა წიგნის ილუსტრაციების ხატვის უნარი და, მრავალი მაცდუნებელი შემოთავაზების მიუხედავად, აღარაფერი გამიკეთებია ამ ჟანრში."

გიორგი გოკიელი

თბილისი 2016

Foreword

A Topsy-Turvy World, or Mr Dodgson's[2] Adventures in the World of Fantasy

Lewis Carroll's name is not usually listed among the greatest classics of nineteenth-century English Literature. Indeed, raised on the academic textbooks of the history of literature, we would probably find it somewhat out of place to find his name in a list of authors such as Charles Dickens, William Thackeray, and other acclaimed titans of British pantheon. But why? Aren't Lewis Carroll's *Alice's Adventures in Wonderland* (along with *Through the Looking-Glass and What Alice Found There*) among the most unique books in the world literature in their own right? They have been translated into more than 80 languages and the number of copies published must exceed a half a billion! Apart from the literary critics and philologists, *Alice* is a subject for substantial studies for psychologists, psychoanalysts, physicists,

2 The Georgian transliteration of Dodgson is usually დოჯსონი *Dojsoni*, though the form conforming to Dodgson's own family's pronounciation is დოდსონი *Dodsoni*. M.E.

mathematicians, theologians, logicians, and others. Today it has become clear that such literary and philosophical movements of the twentieth century as Surrealism, Existentialism, the Theatre of the Absurd, and the German-language authors of Prague among others are in one way or the other related (or even indebted) to the *Alice* books.

According to some studies, *Alice* is listed third among the most cited books ever after the Bible and the works of William Shakespeare. Many phrases and expressions from *Alice* together with neologisms created by Carroll have quite naturally become infused into modern English.

Thus, we are faced with a paradoxical situation: Lewis Carroll is both acknowledged and ignored at the same time. In the ocean of books and articles dedicated to his works and personality, countless epithets have been used like "unusual" and "unconventional", "witty" and "ironic", "poetic" and "magical", "playful" and "frolicsome", "inventor" and "innovator" but he is hardly ever called "a great author": maybe due to the fact that we are used to call "great writers" the kind of grey-haired authors of multivolume oeuvres whose pompously framed portraits decorate the public halls of libraries and the lecture rooms of universities. Lewis Carroll as a person and writer does not fit to such a frame. He was not a creator of his own aesthetic school and did not belong to any of the prominent literary movements of his time—in fact, he even became a writer by chance. In his writings Carroll doesn't try to depict a picture of his time, he is not teaching or preaching, he is not aiming to get insight into psychological depths of human consciousness. His creative work is all about play—with figures, words, notions and imagery: "intellectual holidays in the world of fantasy", as G. K. Chesterton would call it in his essay "Both Sides of the Looking-Glass" (1933).

In Oxford, he was known as Charles Lutwidge Dodgson, a deacon and mathematician (author of quite important works in his field) at Christ Church College. To many, he gave the impression of man with an odd personality having rather eccentric habits, though few knew about his inclinations towards the writing of literature. Among his students and colleagues he had gained a reputation of being a pedantic and quite punctilious man, and probably for good reason: he used to register in his diaries innumerable petty details of his everyday life which was not particularly rich in events. He calculated, for instance, that he had had eight thousand dinners at the university refectory and, starting from 1861 had sent ninety-eight thousand seven hundred twenty one letters. He used to enjoy his solitude, is not known to have romantic attractions towards women, and, generally did not feel himself very comfortable in the company of adults: he would start to stammer and feel uneasy.

Only with children did he feel comfortable; he was especially fond of little girls, and he did not like boys nearly as much. With children, it was as if he became another person: he became more cheerful and his shyness vanished; he began to tell stories, he invented puzzles for them, and he took them for walks.

He had a peculiar appearance too: he was tall and lean. He had blue eyes, his face and body were quite asymmetric. He had a stutter and was almost deaf in one ear. His disposition as well as his behaviour seemed strange. Isn't it unusual for a respected university professor to become an enthusiastic photographer and carry bulky photography equipment on his back about the town of Oxford? As a matter of fact, today he is widely recognized as one of the pioneers of photography as a visual art. In a word, through different documentary sources and descriptions of his contemporaries, the portrait emerges of an odd man with some rather unprepossessing features. Perhaps that is what gives grounds to some researchers to seek various "complexes" and unhealthy propensities in his nature. But that is not a question of great importance. To many, the main puzzle is the coexistence in one physical body of two such contradicting natures, complete antipodes—"antipathies", as Alice would say.

The Reverend Charles Lutwidge Dodgson: a true child of Victorian era, a devout Anglican, conservative to the core, and deeply respectful towards those above him on the social ladder. According to his students, his lectures were dull and boring. Neither Mr Dodgson was delighted with his students. He was one of those people who think that the youth of their time was different, more diligent and polite. He shared traditional, conservative views on upbringing and education. For example, he was considering working on an edition of a temperate version of Shakespeare's writings for young women, and to achieve this by removing from the text, elements which, in his opinion, were unnecessary and improper. As the noted Carrollian Martin Gardner characterized Dodgson, he was "a fussy, prim, fastidious, cranky, kind, gentle bachelor whose life was sexless, uneventful and happy". As such he appeared from his personal diaries which were first published in 1953. Those who hoped that they would learn something new about the hidden inner world of the enigmatic author, were left disappointed. Those diaries turned out to be not much more than the most accurate and diligent account of his monotonous daily routine: of what he did during the day, whom he met, what he read, and so on. Apparently, he thought the purpose of the diaries to be an account of facts rather than a description of impressions and ideas.

And Lewis Carroll: eccentric storyteller; restless and inventive, a jester and paradoxalist. He used to assert that a stopped watch is better than a slightly inaccurate one as the latter never shows the exact time while the former is completely accurate twice a day. He was a bright and gifted narrator equipped with boundless imagination; often ironic and sarcastic towards sentimentality, didacticism, and the tedious morality of prudence—that is, towards notions which were sacred to Dodgson. Lewis Carroll writes cheerful and facetious parodies on standard educational poems by Wordsworth, Watts, and others, while Dodgson believes that every child should learn those poems by heart, in order to make a future lady or a gentleman. Carroll mocks socially accepted automatic behavioural rules, rituals, and binding conventionalities while Dodgson cannot think of living without them as he is permeated by all that to the marrow of his bones. The Royal Family, lords, and peers fill his heart with awe, while for Lewis Carroll kings, queens, and all their retinue are "only a pack of cards, after all". This splitting of Carroll and Dodgson has been a puzzle and the subject of speculation for a number of scholars and researchers of his life and work, although no one has been able to fully explain it. It's not easy to speculate on this topic from a present-day perspective, and hardly any of his contemporaries ever bothered to look and see what was hiding behind the protective shell of Mr Dodgson. This is not surprising as the eminent thinkers of Oxford had set their minds on debating far more pressing political or religious issues of the time. After the publication of *Alice's Adventures in Wonderland* Lewis Carroll lived for more than thirty years in Oxford, unostentatiously, like an invisible being. And only a biography—*The Life and Letters of Lewis Carroll* written by his nephew Stuart Dodgson Collingwood and published just eleven months after his death in December 1898—revived public interest towards this strange tale-teller and mathematician.

They learned that Charles Lutwidge Dodgson was born on 27 January 1882 in the small parsonage at Daresbury in Cheshire to a family of the priest of the local church. He was given the name Charles after his father and his second name he had from his mother's surname. Later he took his pen-name from a double transformation of those two names: first translating them into Latin: *Charles Lutwidge* to *Carolus Ludovicus*, then reversing them and transforming them back to another English equivalent. Thus, the pen-name *Lewis Carroll* was presented to the world—but that happened only in 1856. Before that Dodgson had studied at Richmond and Rugby and later he connected his life to Christ Church College. First he studied at Oxford, and later taught there as a Lecturer in Mathematics. He pursued the discipline called Mathematical Logic which was a novelty then but later turned out to be linked with such disciplines as cybernetics and structural linguistics. At the same time Carroll contributed to various periodicals where he published humorous poems, logical puzzles, and riddles which he published later as the books *Phantasmagoria* (1869), and *Rhyme? And Reason?* (1888). In addition, Carroll is the author of two well-known books: a nonsense poem *The Hunting of the Snark* (1876) and a thick novel *Sylvie and Bruno* in two parts (1889-93). And yet, like the authors of *Don Quixote*, *Robinson Crusoe*, and *Gulliver's Travels*, Lewis Carroll is remembered as the author of mainly one book—although *Alice's Adventures in Wonderland*, was published in 1865 and *Through the Looking-Glass* after an interval of six years, in 1871, today both books are often published in one volume and are taken by some to be one book.

Alice's travels in the world literature started in 1862. On the 4th of July—American poet W. H. Auden once said that the 4th of July is as important a day for the history of literature as it is for the history of the United States—

Charles Dodgson spent a memorable afternoon with his friend Robinson Duckworth and the three Liddell sisters, daughters of Henry Liddell, Dean of Christ Church: Edith (age 8), Alice (age 10), and Lorina (age 13). They embarked on a rowing expedition from Oxford, rowing up the river Isis. One of the little girls asked for a tale and Dodgson began to tell the story offhand of a little girl named Alice. “In a desperate attempt to strike out some new line of fairy-lore, I had sent my heroine straight down a rabbit-hole, to begin with, without the least idea what was to happen afterwards,” wrote Dodgson many years later in his article remembering “that golden afternoon”. The heroine was the middle sister, Alice Pleasance Liddell, Mr Dodgson’s greatest little friend. We also meet two other sisters in the book as Lory and Eaglet.

Alice’s Adventures under Ground existed in oral form for some years until Carroll recorded it, illustrated it, and presented the home-made book to Alice Liddell as a Christmas gift. At that time the thought of publication had not risen in his mind as he had thought that since the book was private and dedicated to certain personalities, many things would have been comprehensible only to them and that others wouldn’t be interested. Probably *Alice* would have never been published if people of his close circle hadn’t have demanded it. So they agreed on an experiment that George MacDonald—who was himself a prominent taleteller—would offer the book to read to his children. If the children were happy with it, Carroll publish the book. The children were excited, and the eldest son exclaimed there ought to be sixty thousand volumes of it. So Carroll thoroughly remodeled his manuscript, altered the title and added some episodes. Thus, *Wonderland* appeared instead of *Under Ground*. In 1865, Charles Dodgson published *Alice’s Adventures in Wonderland* at his own expense with Macmillan Publishing. Macmillan commissioned the printing with Oxford University Press.

But since the book illustrator John Tenniel rejected the quality of printed illustrations, Carroll also didn't accept that printing—only 48 copies were bound and sent to friends—and the order was transferred to the firm Richard Clay and Sons. Two thousand copies of the first edition were quickly sold out, and it became necessary to print additional copies. The book became an enormous success, which the author could not have dreamt of. Lewis Carroll became famous. Before long Alice's adventures were translated into French and German. Six years then passed and in 1871, Lewis Carroll published another book about Alice, *Through the Looking-Glass and What Alice Found There*. Both books have many features in common. The main character is Alice, the action in both tales takes place in a dream, an so on. But where in the first book the story unfolds in the world of playing cards, the background of the second one is the realm of chess.

In 1897, Lewis Carroll visited his sisters in Guilford, Surrey. This turned out to be the last trip for the man who almost never left Oxford (he only travelled abroad—to Russia, in the summer of 1867). On 14 January 1898 he died suddenly.

After that, as it often happens, his name somehow sank into oblivion for quite a long time, until, in 1932, the hundredth anniversary of his birth was widely celebrated in his homeland. The world had rediscovered the inimitable world of Lewis Carroll. It became obvious that the *Alice* books are lot more than just stories for children. Indeed, the simple tale told in a boat for three children's amusement went far beyond the frame of the author's initial scheme and acquired additional significance. Evidently, Carroll's story was truly innovative in British children's literature—incomparable to any other fairy tale: In *Alice*, the morphology of a fairy tale is thoroughly reversed and above that, at times the humorous effect is achieved by parodying those very classical rules of storytelling. Some Carroll scholars believe that only adult readers can fully appreciate the "taste" of his books—in spite of the fact that they were designed for children and became favourite books for many generations of young readers. Moreover, children of different generations have different perceptions of this uncommon story. The children of Carroll's period enjoyed the books immensely while the children of today are at times bewildered and even frightened by this here-and-there nightmaresque dream-tale. Some scholars think that the times when children under fifteen will enthusiastically read Carroll have long gone. Martin Gardner, for example, wrote: "It is only because adults—scientists and mathematicians in particular—continue to relish the *Alice* books that they are assured of immortality." Others deny this viewpoint and suggest that Alice books belong primarily to children's literature. All of these opinions are worth considering: probably there is a grain of truth in each of these viewpoints. But when Lewis Carroll was asked about the hidden meaning of his work he answered, "I'm very much afraid I didn't mean anything but nonsense. Still, you know, words mean more than we mean to express when we use them; so a whole book ought to mean a great deal more than the writer means. So, whatever good meanings are in the book, I'm glad to accept as the meaning of the book."

Alice's Adventures in Wonderland belongs to the category of books which you usually read for the first time in childhood but then return to several times during your lifetime. And with every new encounter you perceive a new layer which was hidden from you when you were younger, you find new colours and nuances for yourself. When communicating with children, in person or through his books, Carroll did not choose to adopt anything like baby talk (apart from the unfortunate *Sylvie and Bruno* which was probably intended for adults). On the contrary, he fed their lively, candid minds with quite ripe "grown-up" food. This was often reflected in their perception as vivid, often unexpected images: similarly, many years after Antoine de Saint-Exupéry showed us that often what is a mere hat for grown-ups can be turned by children's imagination into a boa constrictor digesting an elephant. A big part of *Alice's* unique identity lies in its intimacy: created in an intimate setting and dedicated to a limited circle of people, *Alice* spoke about those things which were in the first place familiar and comprehensible to them and didn't aim to interest others. But after Lewis Carroll "took care of the sense" and the final version began its independent life, the words "took care of themselves" (as the Duchess would say) and found response in hearts of readers of so very many ages and backgrounds. Nobody could expect that the impact of the Carroll's work would have been so strong. This humble Victorian who faded into the life of his time, its habits, and its and ways to such an extent that he nearly became invisible, at the same time reflected in his personality and writings the often contradictory, nearly polar characteristic moral and psychological features of his time. Perhaps that gives an explanation to the fact that no other book (except perhaps *Ulysses* by James Joyce) has ever been provided by such enormous amount of commentary attempting to explain specific allusions or symbols. It should be also noted that much of that commentary is hypothetical. It's hard to assert for sure whether the stories really reflect religious controversy, satiric portraits of the political leaders (the prime ministers Gladstone and Disraeli, in particular), or any sort of critical approach to other spheres of political and social life, or whether they really are the result of the "intellectual holidays" of a safe and care-free Victorian gentleman. One way or the other, in the end these are not crucial questions for most readers. The reason for the popularity and vitality of *Alice* through decades might have a simpler explanation than the one offered by theorists: after we follow Alice down the rabbit-hole or step by her side through the looking-glass, we plunge ourselves into a magic world full of marvels and inhabited my mostly selfish and complacent but at the same time somewhat appealing and fascinating creatures. Carroll's fantasy and creativity when depicting characters and situations has no boundaries. His humour is distinctive and inimitable, and the style of his narration is vivid and spontaneous. This world captivates us by its extraordinariness, its grotesqueness, its witty nonsense, and its joyous witticisms. Melancholy lyricism goes hand in hand here with cheerful parodies, and fanciful paradoxes and word play—with themes of loneliness, sadness caused by the course of time, and death. Carroll's art of wordplay—his ability to show ordinary words from a different new perspective—should be particularly noted. And yet the main point of this book is *love*—the warm and tender feelings Dodgson felt towards his little friend Alice, happiness and sadness at the same time coursing through all the pages of the book. This love, chaste and sincere, is rooted in joyous friendship but is also mixed with sadness over the inevitable parting—for such was the nature of those short and transient relations: little friends grew up and left for the adult life while Carroll himself after seeing them off remained somehow in the world of childhood. It is this sadness which imbues the sentimental and touching intonation of the beginning and ending of the both dreamy tales—and dreams are themselves short and transient. Until the end of his life Lewis Carroll kept this tender feeling towards his "dream child" Alice Pleasance Liddell like a pilgrim keeps a souvenir in memory of the sacred places he has visited: "a wither'd wreath of flowers pluck'd in a far-off land".

* * * *
* * *
* * * *

At the beginning of the story, Alice asks, "and what is the use of a book without pictures or conversations?" And that question is appropriate for the *Alice* books as well. Indeed, the fact that they have become a world-wide phenomenon and acquired so much love all over the world was not merely due to Carroll but also to the iconic marvellous illustrations which adorned the first edition. Carroll considered the illustrations to be of no less importance than the text itself. For this reason he hesitated greatly over the choice of illustrator until he finally chose to involve John Tenniel (1820–1914), the well-known graphic artist who at that time worked as cartoonist for the satiric magazine *Punch* and already had had experience as a book illustrator with an edition of Aesop's fables. It was a happy choice indeed although Carroll's collaboration with Tenniel turned out to be not the easiest. It took Tenniel almost a year and a half after reading the manuscript to finish the illustrations. He was quite obstinate during the process, made his own demands and arguments to the author, asked for changes in the text, and would not consent to make illustrations for *Through the Looking-Glass* until he got a promise from Carroll to have full creative independence. Indeed, he persuaded the author to take the sequence "The Wasp in a Wig" out of the book entirely.

Eventually Tenniel made a series of 52 etchings which are considered classic and unsurpassed up to the present day, although the *Alice* books have served as inspiration for a great many other illustrators—to judge by the number of artists and illustrators of Carroll's tales, the *Alice* books are among the clear leaders in world literature. Together with rich and colourful illustrations one finds monochrome and minimalistic works; made in various artistic styles, such as art nouveau—by Charles Robinson and Arthur Rackham—surrealism—by Salvador Dali—the newspaper advertisement aesthetics of the 1920s—by Ralph Steadman—or the modern fantasy genre—by Rodney Mattheus, among others. Tenniel's illustrations are marked by his distinctive individual hand, and make such a perfect pairing with the text that they comprise one inseparable whole. In this respect one can draw parallel with such timeless examples as Jean Grenville's illustrations for Jonathan Swift's *Gulliver's Travels* and Gustav Doré's illustrations for Cervantes *Don Quixote*.

John Tenniel unmistakably defined the distinctive character of Carroll's tales. He did not approach them as "merely" children's reading and, consequently, his illustrations are not typically "cute" and child-oriented. His Alice is not much of a sweet, seven-year-old girl. She has a non-childish expression on her face, her head is somwehat out of proportion to the body, her features are not very likeable, and nowhere does she smile. On the whole, the world created by Tenniel with its multiformity, oddity, and eccentricity makes a perfect match to the Carroll's text.

Tenniel's illustrations to the *Alice* books were the finest achievement in his career. Oddly enough, this was his last work in this genre: he had never ever did book illustrations afterward, though had lived more than forty years. "It is a curious fact that with *Looking-Glass* the faculty of making drawings for book illustrations departed from me, and I have done nothing in that direction since," he wrote to Lewis Carroll in a letter years later.

Giorgi Gokieli
Tbilisi 2016

ელისის თავგადასავალი
საოცრებათა ქვეყანაში

სარჩევი

მზეზე ოქროსფრად ლივლივებს წყალი,
    ივლისის დღეა ცხელი.
ვერ იმორჩილებს ვეება ნიჩბებს
    სუსტი, პატარა ხელი;
და მიაცურებს უმისამართოდ
    ჩვენს ნავს დინება ნელი.

ოჰ, ულმობელნო! ასეთ სიცხეში
    როცა მერევა რული,
სუნთქვაც კი მიჭირს, თავბრუ მეხვევა,
    ისე ვარ გათანგული,
ზღაპარს მთხოვთ, კიდეც დამიყოლიეთ,
    სამთაგან დაჩაგრული.

„დაიწყე!“ — ბრძანებს დებში უფროსი,
    შუათანას კი უნდა,
აბდაუბდებით რომ იყოს სავსე
    ჩემი ზღაპრების გუდა.
ამ დროს უმცროსი სულ მაწყვეტინებს,
    წუთსაც არ კარგავს უქმად.

ეს ჟრიამულიც მიჩუმდა. მესმის
    ბავშვების გულის ძგერა,
და სიზმარეთში მავალ გოგონას
    მიჰყვება მათი მზერა.
მიწისქვეშეთის უცნაურ ქვეყნის
    ნეტავ თუ მართლა სჯერათ?

ბოლოს სათქმელიც გამოშელია,
ვგრძნობ, რომ ვეღარას ვხდები.
ფრთხილად შევბედე: „მოდი, დანარჩენს
მე სხვა დროს მოგიყვებით.“
„უკვე სხვა დროა!“ — შემომძახიან
ხალისიანი ხმები.

ასე შეიქმნა ჩვენი ზღაპარი,
ასე თანდათან, ძნელად.
უკან ვბრუნდებით, ჩვენი ხომალდი
ტალღებს მიაპობს ნელა;
ჩამავალი მზის მკრთალი სხივები
წყალზე მოწყენით ელავს.

ელის! მიიღე ყრმობის ზღაპარი
და შენი ნაზი ხელით
იქ შეინახე, სად ცოცხლობს შენში
ბავშვის ოცნება წრფელი;
ვით მწირ მოგზაურს შემოუნახავს
მინდვრის ყვავილი ხმელი.

თავი I

კურდღლის სოროში

ელისს მოსწყინდა მდინარის ნაპირზე დის გვერდით უსაქმოდ ჯდომა. ერთი-ორჯერ ჩაიხედა წიგნში, რომელსაც მისი და კითხულობდა, მაგრამ იქ არც სურათები იყო და არც ლაპარაკი. „რის მაქნისია წიგნი," გაიფიქრა ელისმა, „რომელსაც არც სურათები აქვს და არც ლაპარაკი?"

ჰოდა, იჯდა და ცდილობდა აეწონ-დაეწონა გონებაში (თუმცა, უნდა ითქვას, რომ იმ დღეს საშინლად ცხელოდა, ელისს რული ერეოდა და ფიქრიც ეზარებოდა), ღირდა თუ არა გვირილების გვირგვინის დაწვნით მოგვრილი სიამოვნება იმად, რომ წამომდგარიყო და ყვავილების დაკრეფით შეეწუხებინა თავი. და სწორედ ამ დროს ვარდისფერთვალება თეთრმა კურდღელმა ცხვირწინ ჩაურბინა.

აქ *დიდად* გასაოცარი არაფერი იყო; ელისი *მაინცდამაინც* არც იმას განუცვიფრებია, კურდღელმა რომ ჩაიბუტბუტა, „ოჰ, ღმერთო ჩემო, როგორ მაგვიანდება!" მოგვიანებით, როცა ამ დღეს იხსენებდა, ელისს უკვე ის ეუცნაურა, რატომ არაფერმა გამაკვირვაო. იმწუთას კი ყველაფერი სავსებით ბუნებრივად მიიჩნია; ხოლო როცა კურდღელმა *ჟილეტის ჯიბიდან საათი ამოიღო,* დახედა და ნაბიჯს აუჩქარა, გოგონა წამოხტა და ცნობისმოყვარეობით შეპყრობილი უკან დაედევნა. ახლაღა

გაუელვა თავში, რომ ცხოვრებაში არასოდეს ენახა ჟილეტიანი და, მით უმეტეს, საათიანი კურდღელი. ელისი გარბოდა მინდორში და ბოლო წამს თვალი მოჰკრა, როგორ შეძვრა კურდღელი ღობის ძირას დიდ სოროში.

ელისიც ფეხდაფეხ მიჰყვა მას, ისე, რომ არც კი დაფიქრებულა, უკან როგორ დაბრუნდებოდა.

ერთხანს კურდღლის სორო გვირაბივით სწორად მიემართებოდა, მერე კი უცბად დაეშვა ძირს, თანაც ისე მოულოდნელად, რომ ელისმა თავის შემაგრება ვეღარ მოასწრო და იგრძნო, რომ დაბლა ვარდებოდა, რაღაც უძირო ჭაში.

ან ჭა იყო მეტისმეტად ღრმა, ან ელისი ეშვებოდა ძალიან ნელა, ყოველ შემთხვევაში, საკმარისი დრო ჰქონდა იმისთვის, რომ ირგვლივ მიმოევლო თვალი და გაეფიქრა, ნეტა შემდეგ რა მოხდებაო. თავდაპირველად შეეცადა, ძირს ჩაეხედა და დაენახა, რა ელოდა, მაგრამ იქ ისე ბნელოდა, რომ ვერაფერი

გაარჩია. შემდეგ ჭის კედლები მოათვალიერა და შენიშნა, რომ ისინი მთლიანად ჭურჭლის კარადებისა და წიგნის თაროებისაგან შედგებოდა. აქა-იქ ლურსმნებზე გეოგრაფიული რუკები და სურათები ეკიდა. ვარდნისას ელისმა ერთ-ერთი თაროდან ქილა გადმოიღო, რომელსაც ეწერა: „ᲤᲝᲠᲗᲝᲮᲚᲘᲡ ᲛᲣᲠᲐᲑᲐ", მაგრამ არ გაუმართლა, ქილა ცარიელი აღმოჩნდა. ხელი მაინც არ გაუშვა, ვაითუ ქვემოთ ვინმეს თავზე დაეცეს და მოკლასო; ამიტომაც იყოჩაღა და გზად რომელიღაც კარადაში შედგა.

„აი, ვარდნაც ამას ჰქვია!" გაიფიქრა ელისმა, „ამის შემდეგ კიბიდან გადმოვარდნის სულ აღარ შემეშინდება. ჩვენები კი იტყვიან, ეს რა გაბედული გოგოაო. კრინტსაც არ დავძრავ, გინდაც სახლის სახურავიდან გადმოვეშვა ძირს!" (საფიქრებელია, რომ მართლა ასე იქნებოდა.)

ამასობაში კი სულ ქვევით და ქვევით მიექანებოდა. ნუთუ ამას *არასოდეს* ექნება დასასრული? „საინტერესოა, ნეტა რამდენი მილი ვიფრინე?" ხმამაღლა იკითხა ელისმა, „ალბათ უკვე სადღაც დედამიწის ცენტრს ვუახლოვდები. ერთი გავიხსენო: იქამდე მანძილი, მგონი, დაახლოებით ოთხი ათას მილს შეადგენს —" (იცი, ელისს ბევრი ამდაგვარი რამ ჰქონდა ნასწავლი სკოლაში, ოღონდ ახლა *ალბათ* არ იყო მთლად შესაფერისი დრო ცოდნის გამოსამჟღავნებლად — მას ხომ მსმენელი არ ჰყავდა. მიუხედავად ამისა, გამეორება მაინც სასარგებლოდ ჩათვალა) „— დიახ, სწორედ ასეა. მაგრამ ახლა კი მაინტერესებს, რა გრძედსა და რა განედს მივაღწიე?" (ელისს ოდნავი წარმოდგენაც არ ჰქონდა, ან გრძედი რა იყო, ან განედი, წარმოთქმა კი მაინც მოსწონდა — ეს სიტყვები ხომ ძალიან ჟღერადი და შთამბეჭდავი იყო.)

მერე კვლავ განაგრძო საკუთარ თავთან ლაპარაკი. „ვინ იცის, იქნებ დედამიწის წიაღში *სულ ბოლომდე* ვიფრინო და მეორე მხარეს ამოვყო თავი? რა სასაცილო იქნება, თავდაყირა მოსიარულე ხალხში რომ აღმოვჩნდები. რა ჰქვიათ? მგონი, ანტიპათიები —" (ამჯერად ესიამოვნა, რომ არავინ უსმენდა: ეს სიტყვა ცოტათი ყურს სჭრიდა.) „იმ ქვეყნის სახელის გაგება კი ნამდვილად მომიწევს. მივადგები ვინმეს და ვკითხავ, დიდი ბოდიში, ქალბატონო, ხომ ვერ მეტყვით, ეს ახალი ზელანდიაა თუ ავსტრალია?" (ლაპარაკის დროს სცადა რევერანსი გაეკეთებინა. წარმოიდგინე, როგორია *რევერანსი*, როცა ჰაერში მიფრინავ. როგორ გგონია, შეძლებდი?!) „ის კი, ალბათ, იფიქრებს, რას მეკითხება ეს გოგო, რა უვიცი ვინმე ყოფილაო. ჰოდა,

არაფერსაც არ ვიკითხავ: იქნებ, სადმე წარწერას მოვკრა თვალი.“

ამასობაში კი სულ დაბლა-დაბლა ეშვებოდა. სხვა რაღა უნდა ექნა, ისევ საკუთარ თავს გაუბა საუბარი: „საწყალი დინა, როგორ მოიწყენს ამაღამ უჩემოდ!“ (დინა ელისის კატას ერქვა.) „იმედი მაქვს, სამხარზე ლამბაქით რძეს დაუდგამენ. დინა, საყვარელო, ნეტა ახლა ერთად ვიყოთ! აქ, ჰაერში თაგვებს კი ვერ იპოვიდი, მაგრამ იქნებ ღამურა მაინც დაგეჭირა; ხომ იცი, ძალიან ჰგავს თაგვს. ისე კი, საინტერესოა, ჭამენ თუ არა კატები ღამურებს?“ აქ ელისმა იგრძნო, რომ რული ერეოდა, თვალები ეხუჭებოდა და ენას ძლივს აბრუნებდა. ჰოდა, ბურანში მყოფმა რამდენჯერმე გაიმეორა შეკითხვა: „ნეტავი თუ ჭამს კატა ღამურას? ნეტავი თუ ჭამს კატა ღამურას?“ ხან კი ასე: „ნეტავი თუ ჭამს ღამურა კატას?“ ნეტავ თუ ჭამს ღამურა კატას?“ ელისს არც ერთ შეკითხვაზე პასუხი არ გააჩნდა და განა სულერთი არ იყო, ასე იკითხავდა თუ ისე? მერე ცოტა ხნით ჩათვლიმა კიდეც და დაესიზმრა, თითქოს დინასთან ერთად ხელჩაკიდებული მისეირნობდა და სავსებით სერიოზულად ეკითხებოდა: „გამოტყდი, დინა, ოდესმე ღამურა თუ გიჭამია?“ ამ დროს უეცრად — ლაწ! ლაწ! და ელისი გამხმარი ფოთლებისა და ფიჩხის გროვაზე დაეცა. ვარდნაც აქ დასრულდა.

გოგონა ოდნავადაც არ დაშავებულა, თვალის დახამხამებაში წამოიჭრა ფეხზე და მაღლა აიხედა, მაგრამ ზემოთ უკუნი სიბნელე იყო, წინ კი კიდევ ერთი გრძელი გასასვლელი გაარჩია და თეთრ კურდღელსაც მოჰკრა თვალი. წამის დაკარგვაც აღარ შეიძლებოდა, ელისი ქარის სისწრაფით დაედევნა და მოასწრო დაენახა, როგორ მიეფარა კურდღელი კუთხეს ქოშინ-ქოშინითა და ბუტბუტით: „ვაი, ჩემს საბრალო ყურებს! ვაი, ჩემს საბრალო ულვაშებს! როგორ მაგვიანდება!“ ელისი თითქოს წამოეწია კიდეც კურდღელს, მაგრამ კუთხეში რომ შეუხვია, ვეღარსად დაინახა, თითქოს მიწამ ჩაყლაპაო. ახლა გოგო იმყოფებოდა დაბალჭერიან, წაგრძელებულ დარბაზში, რომელიც განათებული იყო ერთ რიგად დაკიდებული ლამპრებით.

დარბაზს გარშემო უამრავი კარი ჰქონდა, ოღონდ ყველა დაკეტილი აღმოჩნდა. ელისმა სათითაოდ ჩამოუარა ყველა კარს, მაგრამ ვერც ერთი ვერ შეაღო და დანაღვლიანებული დარბაზის შუაგულში გაჩერდა. ახლა იმას ფიქრობდა, აქედან რა გზით გავაღწიოო.

უეცრად მან თვალი მოჰკრა პატარა სამფეხა მაგიდას, რომელიც მთლიანად მინისა იყო. ზედ არაფერი იდო, ოქროს

პაწაწინა გასაღების გარდა. გოგონამ გაიფიქრა, როგორც ჩანს, დარბაზის ერთ-ერთი კარისააო, მაგრამ ვაი, რომ ან საკლიტულები გამოდგა ძალიან დიდი, ან კიდევ გასაღები — ძალიან პატარა; ასე იყო თუ ისე, ვერც ერთს ვერ მოარგო. მაგრამ ერთხელ კიდევ რომ შემოუარა დარბაზს, პატარა ფარდას წააწყდა, რომელიც მანამდე ვერ შენიშნა. ფარდის უკან პატარა კარი დახვდა, ასე თხუთმეტიოდე გოჯის სიმაღლისა. გოგონამ აქაც სცადა ბედი და, მისდა სასიხარულოდ, მოარგო კიდეც გასაღები საკლიტულს!

ელისმა გააღო კარი და აღმოაჩინა, რომ ის გადიოდა პატარა დერეფანში, რომელიც ვირთხის სოროზე ოდნავ განიერი თუ იქნებოდა. გოგომ ჩაიმუხლა და შიგ შეიხედა. დერეფნის ბოლოში უმშვენიერესი ბაღი გამოჩნდა, რომლის ბადალი არასოდეს ენახა. ო, როგორ მოუნდა ამ ბნელი დარბაზიდან გაღწევა და გასეირნება იმ ლამაზ წალკოტში, ფერად-ფერად ყვავილებსა და გრილ შადრევნებს შორის! მაგრამ თავიც კი ვერ გაატია კარში. „თავი რომც გავატიო," გაიფიქრა საბრალო გოგომ, „მხრებისთვის ეგ ვერაფერი შეღავათია. ნეტავი ჭოგრიტივით დაკეცვა შემეძლოს. ალბათ, მოვახერხებდი კიდეც, რომ ვიცოდე, როგორ დავიწყო." ხომ იცი, ამ ბოლო დროს ელისს იმდენი უჩვეულო

ამბავი გადახდა თავს, რომ ახლა ფიქრობდა, მთლად შეუძლებელი აღარაფერიაო.

პატარა კართან ლოდინს რაღა აზრი ჰქონდა; ელისი მაგიდასთან მიბრუნდა. გულის სიღრმეში იმედოვნებდა, რომ ზედ მეორე გასაღებსაც იპოვიდა თუ არადა — ადამიანების ჭოგრიტივით დაკეცვის ხელოვნების სახელმძღვანელოს მაინც. ამჯერად მაგიდაზე პატარა ბოთლი დახვდა. „ეს ბოთლი ადრე აქ ნამდვილად არ მდგარა," შენიშნა ელისმა. ბოთლს ყელზე გამობმული ჰქონდა პატარა ქაღალდი, რომელსაც დიდრონი ბეჭდური ასოებით ეწერა: „დამლიე".

ადვილი სათქმელია „დამლიე", მაგრამ ჭკვიანი პატარა ელისი *სულაც* არ ჩქარობდა რჩევას მიჰყოლოდა. „არა, უპირველეს ყოვლისა, ბოთლი უნდა დავათვალიერო, ზედ სადმე ‚*საწამლავი*' ხომ არ აწერია," გადაწყვიტა მან. იცი, რატომ? ელისს წაეკითხა არაერთი შესანიშნავი პატარა მოთხრობა იმ ბავშვების შესახებ, რომლებიც ცოცხლად დაიწვნენ, მხეცებს ჩაუვარდნენ ხახაში და სხვა უსიამოვნო ამბები გადახდათ. ყოველივე ამის მიზეზი კი ის

გახლდათ, რომ მათ არ გაითვალისწინეს უმარტივესი მეგობრული რჩევები. აი, მაგალითად, ასეთი: გავარვარებული ცეცხლის საჩხრეკი აუცილებლად დაგწვავს, თუ ძალიან დიდხანს დაიჭერ ხელში. თუ დანით *ძალიან* ღრმად გაიჭრი თითს, იქიდან უსათუოდ სისხლი წამოგივა; ანდა, თუ ბევრს მოსვამ ბოთლიდან, რომელსაც „საწამლავი“ აწერია, თითქმის უეჭველია, რომ ადრე თუ გვიან გაწყენს. ეს ბოლო წესი ელისს განსაკუთრებით კარგად ახსოვდა.

როცა დარწმუნდა, რომ ბოთლს *არსად* ეწერა „საწამლავი“, ელისმა გაბედა და ცოტა მოწრუპა. სასმელი ძალიან ეგემრიელა (გემოთი ის მოგაგონებდათ ალუბლის ტორტს, ნაღების კრემს, ანანასს, შემწვარ ინდაურს, შაქარყინულსა და ერბოკვერცხს) და ბოლომდე გამოცალა.

* * * *

* * *

* * * *

„რა უცნაური შეგრძნებაა!“ ჩაილაპარაკა ელისმა, „მგონი, მართლა ჭოგრიტივით ვიკეცები.“

არც შემცდარა. ახლა მხოლოდ ათი გოჯის სიმაღლე იყო. გაიფიქრა, რომ სწორედ საჭირო ზომისა გახდა, კარში რომ გატეულიყო და სანუკვარ ბაღში შეეღწია, და სიხარულისგან სახე გაუბრწყინდა. მაგრამ, ამისდა მიუხედავად, არ აჩქარებულა, ცოტა ხანს მაინც დაიცადა, აბა, ვნახო, კიდევ ხომ არ ვპატარავდებიო. თან ოდნავი მღელვარება შეეპარა. „ასე თუ გაგრძელდა,“ თქვა ელისმა ხმამაღლა, „ბოლოს და ბოლოს, ჩემგან აღარაფერი დარჩება. სანთელივით გავქრები. საინტერესოა, როგორი შესახედავი ვიქნები მაშინ?“ და სცადა წარმოედგინა, როგორ გამოიყურება ბოლომდე გალეული სანთლის ალი, რადგანაც ვერ გაიხსენა, ოდესმე თუ ენახა ასეთი რამ.

მცირე ხნის შემდეგ, როცა დარწმუნდა, რომ აღარაფერი ემართებოდა, ელისმა გადაწყვიტა, დაუყოვნებლივ გასულიყო ბაღში, მაგრამ ვაი საბრალო ბავშვს! კართან მისულმა აღმოაჩინა, რომ ოქროს პატარა გასაღები მაგიდაზე დარჩენოდა, ხოლო როცა მის ასაღებად მიბრუნდა, მიხვდა, რომ ვეღარ მისწვდებოდა. გამჭვირვალე მინაში გარკვევით მოჩანდა, რომ გასაღები ზედ იდო. გოგონა ბევრს ეცადა მაგიდის ფეხზე აცოცებას, მაგრამ მინის ფეხი ძალზე სრიალა იყო და ვერ

მოეჭიდა. არაქათი რომ გამოეცალა, საწყალი ელისი იატაკზე დაჯდა და ცრემლები გადმოყარა.

„კმარა, ტირილით აბა რას უშველი!“ გაუჯავრდა უცებ საკუთარ თავს, „გირჩევ, ახლავე გაჩერდე!“ იგი ხშირად აძლევდა თავს რიგიან რჩევა-დარიგებებს (თუმცა ძალზე იშვიათად ასრულებდა.) ზოგჯერ ისე დატუქსავდა ხოლმე საკუთარ თავს, რომ ცრემლიც კი მოადგებოდა. ერთხელ ყურიც აიწია და განა დასჯის ღირსი არ იყო? კროკეტს მარტო თამაშობდა და მაინც იეშმაკა. საერთოდ, ამ უცნაურ ბავშვს ძალიან უყვარდა თავისი თავის ორ ადამიანად წარმოდგენა. „მაგრამ ახლა ამას რაღა აზრი აქვს,“ გაიფიქრა საბრალო გოგომ, „ჩემგან რაც დარჩა, ორს კი არა, მგონი *ერთ* ჩვეულებრივ ადამიანსაც კი აღარ ყოფნის!“

ცოტა ხანში ელისს თვალში მოხვდა მაგიდის ქვეშ მდებარე მინის პატარა კოლოფი, ხელი დაავლო, თავი ახადა და შიგ პატარა ნამცხვარი იპოვა, რომელზედაც მოცხარის მარცვლებით ლამაზად ეწერა „შემჭამე“. „შევჭამ კიდეც!“ გადაწყვიტა, „თუ გავიზრდები, გასაღებს შევწვდები; ხოლო თუ დავპატარავდები, კარქვეშ მაინც გავძვრები. ასე რომ, ყველა შემთხვევაში ბაღში ამოვყოფ თავს. ჰოდა, სულ არ დავეძებ, რა მოხდება!“

ელისმა ერთი ბეწო მოკბიჩა და აღელვებით ჩაილაპარაკა: „აბა, ვიზრდები თუ ვპატარავდები? ვიზრდები თუ ვპატარავდები?“ მერე თავზე ხელი დაიდო, რათა ეგრძნო, რა ემართებოდა, და ძალიან გაუკვირდა, რომ იმავე ზომისა დარჩენილიყო. კაცმა რომ თქვას, საერთოდ ასეც ხდება ხოლმე, როცა ნამცხვარს შეჭამ; მაგრამ ელისი ისე დაეჩვია არაჩვეულებრივ თავგადასავლებს, რომ ცხოვრება უკვე საკმაოდ მოსაწყენი და უაზრო ეჩვენებოდა, უბრალო გზით თუ გრძელდებოდა.

ჰოდა, შეუდგა საქმეს და მალე სულ შეჭამა ეს ნამცხვარი.

*   *   *   *

*   *   *

*   *   *   *

თავი II

ცრემლის ზღვა

„განსაოცარზე განსაოცარია!“ წამოიძახა ელისმა (გაკვირვებისაგან სწორად ლაპარაკიც კი გადაავიწყდა); „ამჯერად უკვე მსოფლიოში უდიდესი ჭოგრიტივით ვიშლები. მშვიდობით, ფეხებო!“ (იმწუთას სწორედ ფეხებზე დაიხედა და შენიშნა, რომ ისინი ელვის სისწრაფით შორდებოდნენ. ცოტაც და თვალს მიეფარებოდნენ.) „ოჰ, ჩემო საბრალო პაწია ფეხუნებო, ნეტა ვინღა მოგიტანთ ახლა დილაობით ფეხსაცმელებს? ვინ ჩაგაცმევთ წინდებს? ვატყობ, *მე* ამას ვეღარ შევძლებ! მეტისმეტად დაგშორდით, ჩემო ძვირფასებო, და თქვენზე ვეღარ ვიზრუნებ. ახლა თქვენ უნდა იყოჩაღოთ და როგორმე თავს მიხედოთ; — მაგრამ მაინც ალერსით უნდა მოვეპყრო მათ,“ გაიფიქრა ელისმა, „თორემ ვინ იცის, იქნებ სულაც არ წამიყვანონ იქით, საითაც მომინდება. ჰოდა, ავდგები და ყოველ შობადღეს თითო წყვილ ახალ ფეხსაცმელს ვაჩუქებ ხოლმე.“

და ელისმა სცადა წარმოედგინა, ამას რანაირად გააკეთებდა. „ფეხსაცმელს, ცხადია, შიკრიკის ხელით გავუგზავნი,“ ფიქრობდა თავისთვის, „რა სასაცილოა, საკუთარ ფეხებს ასაჩუქრებდე! მისამართიც რა უცნაური იქნება!

პატ. მარჯვენა ფეხს,
ხალიჩა,
ბუხართან,
(ელისისგან სიყვარულით).

ოჰ, ღმერთო ჩემო, რა სისულელეებს ვროშავ!“

სწორედ ამ დროს ელისმა დარბაზის ჭერს აარტყა თავი: ახლა იგი ცხრა ფუტზე გაცილებით მაღალი იქნებოდა. ჰოდა, სასწრაფოდ დაავლო ხელი ოქროს პაწაწინა გასაღებს და ბაღის კარისკენ გავარდა.

საბრალო გოგონა! ისღა შეეძლო, გვერდზე წამოწოლილიყო და ცალი თვალით გაეჭყიტა წალკოტში. იქ შეღწევაზე ხომ ლაპარაკიც ზედმეტი იყო. ელისი იატაკზე დაჯდა და კვლავ ტირილი მორთო. „გრცხვენოდეს,“ მიმართა თავს ელისმა, „ამხელა გოგო ხარ (ახლა ეს სრული სიმართლე გახლდათ) და ტირილით ისივებ თვალებს. გაფრთხილებ, ახლავე გაჩუმდი!“ მაგრამ ამან არ გაჭრა. ცრემლი ღვარად გადმოსდიოდა და მალე ისეთი გუბე დააყენა იატაკზე, რომ დარბაზი სანახევროდ გაავსო.

ცოტა ხნის შემდეგ პატარა ფეხების ბაკუნი შემოესმა და სასწრაფოდ შეიმშრალა თვალები, რათა დაენახა, ვინ მოდიოდა. ეს გახლდათ თეთრი კურდღელი, უკან ბრუნდებოდა. საზეიმოდ გამოპრანჭულს ცალ ხელში ლაიკის თეთრი ხელთათმანები ეჭირა, მეორეში — ვეებერთელა მარაო. აქოშინებული მორბოდა და ბუტბუტებდა, „ოჰ, დუკასქალო, დუკასქალო. ვაგვიანებ და ეგ არის! თუ ვალოდინე, ნამდვილად გამძვინვარდება!“ ელისი ისეთ სასოწარკვეთილებაში იყო ჩავარდნილი, რომ მზად იყო, შველა ეთხოვა ყველასათვის, ვინც უნდა შეხვედროდა. ჰოდა, როცა კურდღელი მიუახლოვდა, მორიდებით მიმართა, „მაპატიეთ, სერ…“ კურდღელი შეხტა, მარაო და ხელთათმანები

ძირს დაუცვივდა, დაფეთებული გავარდა და სიბნელეში გაუჩინარდა.

ელისმა აკრიფა ძირს დაყრილი ნივთები და ვინაიდან დარბაზში ძალიან ცხელოდა, მარაოს ქნევას მოჰყვა, თან განაგრძობდა ხმამაღლა მსჯელობას: „ოჰ, ღმერთო, ეს რა უცნაური ამბები ხდება დღეს! გუშინ ხომ ყველაფერი ჩვეულებრივზე ჩვეულებრივი იყო. ნეტა წუხელ ხომ არ შევიცვალე? აბა, ერთი, გავიხსენო: დილით რომ გავიღვიძე, იგივე ვიყავი თუ არა? თითქოს მქონდა რაღაც უცხო შეგრძნება. მაგრამ თუ მე აღარ ვარ *მე*, მაშ, ვიღა ვარ? ოჰ, რა *თავსატეხია*!“ და მან დაიწყო თავისი ტოლი ყველა ნაცნობი ბავშვის ჩამოთვლა, რომელიმედ ხომ არ გადავიქეციო.

„დანამდვილებით ვიცი, რომ ადა არა ვარ,“ თქვა ელისმა, „ის კულულებიანია, მე კი სწორი თმა მაქვს. ცხადია, არც

მეიბელი შეიძლება ვიყო: მე ხომ იმდენი რამე ვიცი, იმან კი — სულ არაფერი. გარდა ამისა, ის *ისაა*, მე კი *მე* ვარ. ოჰ, ღმერთო ჩემო, ლამისაა, თავი გამისკდეს, რა დახლართულია ეს ყველაფერი! აბა, ერთი ვნახო, თუ მახსოვს, რაც უწინ ვიცოდი. მაშ ასე, ოთხჯერ ხუთი თორმეტია, ოთხჯერ ექვსი — ცამეტი, ოთხჯერ შვიდი — არა, ასე ხომ ოცამდეც ვერასოდეს მივაღწევ. კარგი, თავი დავანებოთ გამრავლების ტაბულას. ახლა გეოგრაფია ვცადოთ: ლონდონი პარიზის დედაქალაქია, პარიზი — რომის, რომი კი — არა, დარწმუნებული ვარ, ეს ყველაფერი სულ ტყუილია. როგორც ჩანს, მაინც მეიბელად გადავქცეულვარ. მოდი, ახლა ლექსს ვიტყვი. როგორ იწყება? — *ეს პაწაწინა* —" ელისმა მუხლებზე დაილაგა ხელები, თითქოს გაკვეთილს პასუხობსო, და დაიწყო, მაგრამ მისი ხმა რატომღაც უცნაურად და ხრინწიანად ჟღერდა და სიტყვებიც სულ სხვა იყო:—

„ეს პაწაწინა ცელქი ნიანგი
როგორ მიაპობს ნილოსის ტალღებს!
შვენის ბრჭყვიალა, ოქროს პერანგი,
კუდს ლაღად იქნევს, პირს ფართოდ აღებს.

ო, რა გულღიად დაკრიჭა კბილი!
კოხტა ბრჭყალები უელავს მზეზე,
და თავის ყბებში, ნაზი ღიმილით,
ეპატიჟება პატარა თევზებს."

„დარწმუნებული ვარ, ეს რაღაც სხვა სიტყვებია," თქვა საბრალო ელისმა და თვალები კვლავ ცრემლით აევსო, „როგორც ეტყობა, მართლა მეიბელად ვიქეცი და, რახან ასეა, მომიწევს იმათ მოცუცქნულ სახლში ცხოვრება, უსათამაშოდ ყოფნა და გაკვეთილების სწავლა დილიდან საღამომდე. არა, არა, გადავწყვიტე: თუ მეიბელი ვარ, სამუდამოდ აქ დავრჩები. შეუძლიათ მეძახონ და მეძახონ ზემოდან, ‚ამოდი ჩვენთან, საყვარელო.' მხოლოდ ერთს ავხედავ და ვუპასუხებ, ‚ჯერ ის მითხარით, ვინა ვარ. თუ მომეწონება იმ პიროვნებად ყოფნა, ამოვალ, თუ არა და, აქ დავრჩები, მანამ სანამ სხვა ვიღაცად გადავიქცევი'." აქ უცებ ელისს ცრემლები წასკდა და წამოიძახა, „და მაინც, რატომ *არავინ* ჩამოყოფს თავს? ნეტა ვინმემ იცოდეს, *როგორ* მომბეზრდა აქ მარტოდმარტო ჯდომა!"

ეს რომ თქვა, ხელებზე დაიხედა და სახტად დარჩა: თურმე ამ ლაპარაკში კურდღლის პაწაწინა ლაიკის ხელთათმანი ცალ

ხელზე წამოეცვა. ეს *როგორ* მოვახერხე, როგორც ჩანს, ისევ ვპატარავდებიო, გაიფიქრა. შესამოწმებლად მაგიდასთან მივიდა და დაეტოლა. მისი ვარაუდით, ახლა დაახლოებით ორი ფუტის სიმაღლე იქნებოდა, მაგრამ სწრაფად განაგრძობდა დაპატარავებას. ელისი მალე მიხვდა, რომ ამის მიზეზი მარაო გახლდათ და სასწრაფოდ გააგდო ხელიდან. უნდა ითქვას, რომ ეს ძალზე დროულად მოიმოქმედა, წამიც და, შეიძლებოდა სულაც გამქრალიყო.

„*ბეწვზე* გადავრჩი,“ შვებით ამოისუნთქა გოგონამ. ამ მოულოდნელმა ცვლილებამ, ცოტა არ იყოს, დააფრთხო, მაგრამ მაინც ბედნიერად გრძნობდა თავს: რაც მთავარია, კვლავ განაგრძობდა არსებობას. „ახლა კი — წინ, ბაღისკენ!“ — დაიძახა და, რაც ძალი და ღონე ჰქონდა, გასასვლელისკენ გაიქცა. მაგრამ ვაი! პატარა კარი კვლავ ჩაკეტილი დახვდა, ოქროს პაწაწინა გასაღები კი უწინდებურად მინის მაგიდაზე იდო. „საშველი არ ჩანს,“ გაიფიქრა საბრალო ელისმა, „ასეთი პატარა ჯერ არასდროს ვყოფილვარ, არა, არასდროს! ცუდად არის ჩემი საქმე!“

ამას რომ ამბობდა, უეცრად ფეხი დაუცურდა და, ტყაპ! წყალში გაადინა ტყაპანი. წყალი ზედ ნიკაპამდე სწვდებოდა და ძალიან მლაშე იყო. პირველი აზრი, რაც თავში მოუვიდა, ის იყო, ეტყობა, რომელიღაც ზღვაში ჩავვარდიო. „თუ ასეა, შემიძლია შინ მატარებლით დავბრუნდე,“ თქვა თავისთვის. (ელისი

ცხოვრებაში მხოლოდ ერთხელ იყო ზღვის სანაპიროზე და საზოგადოდ დაასკვნა, რომ ინგლისში, სანაპიროზე თუ მოხვდები, ყველგან ნახავ საბანაო კაბინებს, ქვიშაში ხის ნიჩბებით მოთამაშე ბავშვებს, სააგარაკო სახლების გრძელ რიგსა და მათ უკან — რკინიგზის სადგურს). მაგრამ მალევე მიხვდა, რომ ჩავარდნილიყო საკუთარი ცრემლების გუბეში, რომელიც მაშინ დაღვარა, როცა ცხრა ფუტის სიმაღლე იყო.

„ნეტა ამდენი მაინც არ მეტირა!“ წუხდა ელისი, როცა ნაპირის ძებნაში აქეთ-იქით დაცურავდა, „ჰოდა, ახია ჩემზე. სავსებით შესაძლებელია, კიდეც დავიხრჩო საკუთარ ცრემლებში. ძალიან უცნაური ამბავი კი იქნება, *ძალიან*. თუმცა დღეს ხომ ყველაფერი უცნაურია!“

ამ დროს გაიგონა, რომ სადღაც ახლოს ვიღაცა წყალს ადგაფუნებდა. ელისმაც იქით გაცურა, უნდოდა ენახა, რა იყო. თავდაპირველად იფიქრა, სელაპი ან ბეჰემოთი იქნებაო, მაგრამ მერე გაახსენდა, თვითონ ცეროდენად რომ იყო ქცეული. თურმე ეს ჩვეულებრივი თაგვი ყოფილიყო, რომელსაც მასავით ფეხი დასცურებოდა და წყალში ჩავარდნილიყო.

„ხომ არ გამოველაპარაკო ამ თაგვს?“ გაიფიქრა ელისმა, „დღეს ყველაფერი ისე უჩვეულოა, რომ სულ არ გამიკვირდება, ლაპარაკი იცოდეს. ყოველ შემთხვევაში, ცდა ბედის მონახევრეა —“ და მან დაიწყო: „ო, თაგვო! ხომ არ იცით, რა გზით შეიძლება დავაღწიო თავი ამ გუბეს? ძალიან დამღალა აქეთ-იქით ცურვამ, ო, თაგვო! (ელისი ფიქრობდა, თაგვს, ალბათ, სწორედ ასე უნდა მივმართოო. ადრე თაგვთან ლაპარაკის შემთხვევა არასოდეს მისცემია, მაგრამ გაიხსენა, რომ ძმის ლათინური გრამატიკის სახელმძღვანელოში ნანახი ჰქონდა ამ სიტყვის ბრუნება: თაგვი — თაგვის — თაგვს — თაგვად — ო, თაგვო!) თაგვმა გაკვირვებით შეხედა ელისს და თითქოს ცალი თვალიც კი ჩაუპაჭუნა; თუმცა არაფერი უთქვამს.

„იქნებ ჩვენი ენა არ ესმის,“ გაიფიქრა ელისმა, „მე მგონი, ეს ფრანგი თაგვია, რომელიც უილიამ დამპყრობლის გემს ჩამოჰყვა.“ (მართალია, ელისმა საკმაოდ ბევრი რამ იცოდა ისტორიიდან, მაგრამ მაინც არ ჰქონდა ნათელი წარმოდგენა იმის შესახებ, თუ რა როდის მოხდა.) ჰოდა, კვლავ წამოიწყო: „Où est ma chatte?“ ეს გახლდათ პირველი წინადადება ელისის ფრანგული ენის სახელმძღვანელოში. თაგვი გველნაკბენივით ამოხტა წყლიდან და შიშისაგან მთელი სხეულით აცახცახდა. „ოჰ, გთხოვთ, მაპატიოთ!“ სასწრაფოდ იყვირა ელისმა.

შეეშინდა, საბრალო ცხოველს გული ხომ არ ვატკინეო. „სულ დამავიწყდა, თქვენ რომ კატები არ გიყვართ."

„კატები არ მიყვარსო?!" დაიწივლა აღელვებულმა თაგვმა, „ძალიან მაინტერესებს, ჩემს ადგილას *შენ* თუ გეყვარებოდა?"

„ალბათ არა," წყნარად მიუგო ელისმა, რომელსაც გულით ეწადა მისი დამშვიდება, „ნუ გაჯავრდებით. და მაინც, რა კარგი იქნებოდა, შესაძლებლობა რომ მქონდეს, ჩვენი კატა დინა გაგაცნოთ. ის რომ გენახათ, დარწმუნებული ვარ, კატები შეგიყვარდებოდათ. დინა ისეთი მშვიდი და საყვარელი არსებაა," განაგრძო ელისმა, რომელიც ზანტად დაცურავდა გუბეში და თავისთვის ლაპარაკობდა, „მოიკალათებს ხოლმე ბუხართან, კრუტუნებს და თათს ილოკავს — ისეთი რბილი და ფაფუკია, მის მოფერებას არაფერი სჯობს — და უნდა ნახოთ, რა ყოჩაღად იჭერს თაგვებს — ოჰ, მაპატიეთ! „კვლავ შეჰყვირა ელისმა, რადგან ამჯერად თაგვს ბეწვი ყალყზე დაუდგა და გოგონა მიხვდა, რომ ღრმად შეურაცხყო იგი, „თუ არ გსურთ, სულაც ნუღარ ვახსენებთ დინას."

„ნუღარ ვახსენებთო!" გაცხარებით წამოიყვირა თაგვმა, რომელიც ცხვირიდან კუდამდე კანკალებდა, „*ჩვენ*! გეგონება, *მე* ვლაპარაკობდე ასეთ რამეებზე. ჩვენს მოდგმას *მუდამ* სძულდა კატები: მდაბალი, საძაგელი, უხამსი არსებები! აღარ მიხსენო მათი სახელი!"

„აღარ ვახსენებ, სიტყვას გაძლევთ!" შეჰპირდა ელისი და სასწრაფოდ შეეცადა, სხვა საგანზე გადაეტანა საუბარი. „ძაღლები — ძაღლები თუ გიყვართ?" თაგვმა არაფერი უპასუხა და ელისმაც ხალისიანად განაგრძო: „ჩვენი სახლის მეზობლად ერთი ისეთი შესანიშნავი ფინია ცხოვრობს, რომ ძალიან მინდა გაჩვენოთ. პატარა, ყავისფერი ტერიერია. იცით, როგორი ბრიალა თვალები და გრძელი, ხუჭუჭი ბეწვი აქვს?! თანაც რამდენი რამე იცის: ჯოხს თუ გადაუგდებ, გაიქცევა და მოგირბენინებს; მერე უკანა თათებზე დაჯდება და საჭმელს მოგთხოვს და რა ვიცი, კიდევ ათასი რამ. იცით, რას ამბობს მისი პატრონი, ერთი ფერმერი? ამ ძაღლს ფასი არა აქვს, იმდენი სარგებელი მოაქვსო: სულ მოსპო, თუ სადმე ვირთხა და თაგ — ოჰ, ღმერთო!" ენაზე იკბინა ელისმა, „მგონი, კიდევ ვაწყენინე!" მართლაც, თაგვი გატრიალდა და რაც ძალი და ღონე ჰქონდა, მოუსვა. ტალღებიც კი დააყენა გუბეში.

„საყვარელო თაგვო, ცაბრუნდით!" ალერსიანად დაუძახა ელისმა, „და პატიოსან სიტყვას გაძლევთ, რაკი ძაღლები და კატები არ გიყვართ, საერთოდ აღარ ვილაპარაკებ მათზე." ამის

გაგონებაზე თაგვი შემობრუნდა და ნელ-ნელა გამოცურა უკან. სახეზე ფერი აღარ ედო (აღშფოთებულიაო, გაიფიქრა ელისმა). „ნაპირზე გავიდეთ და ჩემი ცხოვრების ამბავს მოგიყვები," ჩუმი, ათრთოლებული ხმით უთხრა თაგვმა, „მაშინ შეიტყობ, რატომ მძულს კატები და ძაღლები."

ნაპირზე გასვლა მართლაც დროული აზრი გახლდათ, ვინაიდან გუბე თანდათან ივსებოდა შიგ ჩაცვენილი ცხოველებითა და ფრინველებით. იქ იყვნენ იხვი რობინი და ფრინველი დოდო, თუთიყუში ლორი, არწივის მართვე ედი და ბევრი სხვა საკვირველი არსება. ელისმა წინ გაცურა. მთელი გუნდი უკან აედევნა და მალე ყველანი მშრალზე გავიდნენ.

თავი III

საარჩევნო რბოლა და გრძელი ამბავი

ნაპირზე თავმოყრილი საზოგადოება მართლაც ძალზე საცოდავად გამოიყურებოდა: ფრინველებს ბუმბული აბურძგნოდათ; ოთხფეხობას სხეულზე მიტმასნილ ბალანზე წურწურით ჩამოსდიოდა წყალი. ისხდნენ ასე, გულმოსულები და სიცივისგან აბუზულები.

უპირველეს ყოვლისა, რასაკვირველია, უნდა გადაეწყვიტათ, როგორ გამშრალიყვნენ. გამართეს თათბირი და რამდენიმეწუთიანი ბჭობის შემდეგ ელისმა აღმოაჩინა, რომ ისე შინაურულად ესაუბრებოდა მათ, თითქოს მთელი ცხოვრება კარგად იცნობდა. რაც მთავარია, ეს სავსებით ბუნებრივად ეჩვენა. ხანგრძლივი კამათიც კი გაუმართა თუთიყუშ ლორის, რომელიც ბოლოს გაიბუტა და ნაწყენი კილოთი რამდენჯერმე გაუმეორა, შენზე უფროსი ვარ და ეგ ამბავი უკეთ მომეხსენებაო. ელისი ვერ დაეთანხმებოდა, სანამ თუთიყუშის ასაკს არ გამოარკვევდა, მაგრამ ლორიმ ამის გამხელაზე ცივი უარი სტკიცა. ლაპარაკის გაგრძელებას აზრი აღარ ჰქონდა და დავაც აქ შეწყდა.

ბოლოს, თაგვმა, რომელიც საყოველთაო პატივისცემით სარგებლობდა, ხმამაღლა მიმართა დამსწრეებს, „აბა, დასხედით და ყური დამიგდეთ. *წამში* გაგაშრობთ ყველას!“ მათ მაშინვე

დიდი წრე შეკრეს თაგვის გარშემო. ელისიც გაფაციცებით ადევნებდა თვალყურს; გრძნობდა, თუ სასწრაფოდ არ გაშრებოდა, გაცივება არ ასცდებოდა.

„ჰმ!“ ჩაახველა თაგვმა და მედიდური იერი მიიღო, „ყველა მზად არის? თქვენ ახლა მოისმენთ უმშრალეს ამბავს მათ შორის, რაც კი ოდესმე გამიგონია. სიჩუმე იყოს, თუ შეიძლება! მაშ ასე, *‚უილიამ დამპყრობელმა, რა დარწმუნდა, რომ რომის პაპის მხარდაჭერით სარგებლობდა, მალე დაიმორჩილა ანგლოსაქსები, რომელთაც წინამძღოლნი ესაჭიროებოდათ და რომელნიც უკანასკნელ ხანს არაერთგზის გახდნენ ტახტის უკანონო მითვისებისა და მიწების მიტაცების მოწმენი. ედუინმა და მორკარმა, მერსიისა და ნორთუმბრიის გრაფებმა —‘*“

„უუფ!“ თქვა ლორიმ და გააკრქოლა.

„მომიტევეთ,“ წარბშეკვრით, მაგრამ უაღრესად თავაზიანად მიმართა თაგვმა, „ბრძანეთ რამე?“

„ა–არა, არაფერი,“ სასწრაფოდ ჩაილაპარაკა თუთიყუშმა.

„მაშასადამე, მომესმა,“ დაასკვნა თაგვმა, „ამრიგად, განვაგრძობ თხრობას: *‚ედუინმა და მორკარმა, მერსიისა და ნორთუმბრიის გრაფებმა, მხარი დაუჭირეს მას. თვით სტიგანდმაც კი, სამშობლოსათვის გულანთებულმა კენტერბერის არქიეპისკოპოსმა, შექმნილ ვითარებაში ერთადერთი გამოსავალი იპოვა ის, რომ —‘*“

„რაო, რა იპოვა?“ იკითხა იხვმა.

„რა იპოვა და *ის*,“ საკმაოდ მკვახედ მიუგო თაგვმა, „ალბათ მოგეხსენებათ, რას ნიშნავს *ის*.“

„მშვენივრად ვიცი, რას ნიშნავს *ის*, როცა რამეს ვპოულობ,“ თქვა იხვმა, „ჩვეულებრივ, ეს არის ხოლმე ბაყაყი ან ჭიაყელა. მე კი მაინტერესებს, არქიეპისკოპოსმა რა იპოვა.“

თაგვმა პასუხი არ აღირსა და სასწრაფოდ განაგრძო: ,— *ის, რომ ედგარ ათელინგთან ერთად შეგებებოდა უილიამს და ნებაყოფლობით შეეთავაზებინა მისთვის ტახტი. პირველად უილიამი თავდაჭერილად იქცეოდა, მაგრამ მისი ნორმანი მეომრების თავვასულობამ* —‘ ახლა როგორ გრძნობ თავს, ძვირფასო?“ უცებ, შუა თხრობაში მიმართა მან ელისს, „შეშრი?“

„ოდნავადაც არა,“ მიუგო ელისმა ნაღვლიანად, „როგორც ჩანს, ეს ამბავი სრულიადაც ვერ მაშრობს.“

„თუ ასეა,“ საზეიმო კილოთი წარმოთქვა დოდომ და ფეხზე წამოდგა, „წინადადება შემომაქვს, ყრილობა დახურულად გამოცხადდეს, რათა დაუყოვნებლივ იქნას მიღებული ქმედითი ზომები —“

„ადამიანური ენით ილაპარაკეთ!“ შეაწყვეტინა არწივის მართვემ, „მაგ სიტყვების ნახევარი ვერ გავიგე და რაღაც არა მგონია, თქვენ თვითონ გესმოდეთ!“ მართვემ თავი დახარა, რათა ღიმილი დაეფარა. დანარჩენი ფრინველებიც აფხუკუნდნენ.

„მე იმის თქმას ვაპირებდი,“ აუხსნა განაწყენებულმა დოდომ, რომ გასაშრობად, უმჯობესია, საარჩევნო რბოლა მოვაწყოთ.

„საარჩევნო რბოლა *რაღაა?*“ იკითხა ელისმა. არა, ეგ სულ არ აინტერესებდა. უბრალოდ, დოდო ისე შეჩერდა, თითქოს ელოდა, რომ *ვინმე* სიტყვას ჩამოართმევდა. მაგრამ არავინ ამჟღავნებდა ლაპარაკის სურვილს.

„ახსნა დიდ დროს წაგვართმევს,“ თქვა დოდომ, „ისევ სჯობს, გიჩვენოთ.“ (იქნებ შენც გაგიჩნდეს სურვილი ზამთრის ერთ რომელიმე საღამოს იგივე მოაწყო, ამიტომ გეტყვი, დოდომ რა მოიმოქმედა.)

თავდაპირველად მან მოხაზა დიდი წრე, მართალია, ცოტა უსწორმასწორო, მაგრამ ფორმას მნიშვნელობა არა აქვსო, გამოაცხადა. შემდეგ ყველა ამ წრეზე ჩამოალაგა, ვისაც სად მოუწია. არავის გაუცია ბრძანება. ვისაც როდის მოესურვებოდა, მაშინ იწყებდა სირბილს და როცა მოეპრიანებოდა, მაშინ ანებებდა თავს. ასე რომ, ძნელი საიქმელი იყო, როდის გათავდა ეს შეჯიბრი. დაახლოებით ერთ საათს რომ ირბინეს და კარგადაც გაშრნენ, გაისმა დოდოს შეძახილი: „შეჯიბრება

დამთავრებულია!“ რბოლის მონაწილეები დოდოს გარს შემოეხვივნენ, თან ქოშინით ეკითხებოდნენ: „გამარჯვებული ვიღაა?“

ამ შეკითხვამ დოდო საგონებელში ჩააგდო. მან თითი შუბლთან მიიტანა (ზუსტად ისე, შექსპირის პორტრეტებზე რომ გინახავთ) და კარგა ხანს იჯდა ასე გაშეშებული. დანარჩენები კი ხმის ამოუღებლად ელოდნენ. ბოლოს დოდომ გამოაცხადა: „გამარჯვებულია *ყველა* და *ყველამ* ჯილდო უნდა მიიღოს!“

„მერედა, ვინ უნდა გასცეს ჯილდოები?“ ერთხმად დაიძახა ხმების ქორომ.

„ვინ? რა თქმა უნდა, *ამან!*“ თქვა დოდომ და ხელი ელისისაკენ გაიშვირა. იმწამსვე მთელი გუნდი ყიჟინით შემოეხვია გოგოს: „ჯილდოები! ჯილდოები!“

ელისი დაიბნა, არ იცოდა, რა ექნა. სასოწარკვეთილმა ჯიბეში ჩაიყო ხელი, კანფეტებიანი კოლოფი ამოაძვრინა (საბედნიეროდ, მლაშე წყალს შიგ ვერ შეეღწია) და ჯილდოებად ჩამოარიგა. ყველას თითო ერგო.

„მაგრამ თვითონაც ხომ დაიმსახურა პრიზი?“ იკითხა თაგვმა.

„რა თქმა უნდა,“ დინჯად დაუკრა კვერი დოდომ და კვლავ ელისს მიუბრუნდა: „კიდევ რა გიდევს ჯიბეში?“

„სათითე. მეტი არაფერი,“ ნაღვლიანად მიუგო გოგონამ.

„აქ მომეცი!“ უბრძანა დოდომ.

ყველანი კიდევ ერთხელ გარს შემოერტყნენ ელისს, დოდომ კი საზეიმო იერით მიართვა სათითე და წარმოთქვა: „გთხოვთ, დაგვდოთ პატივი და მიიღოთ ჩვენგან ეს ნატიფი სათითე!“ ამ მოკლე საზეიმო სიტყვას დამსწრეთა ტაში მოჰყვა.

ელისს ძალიან უაზროდ ეჩვენა მთელი ეს ცერემონია, მაგრამ ყველას ისეთი სერიოზული გამომეტყველება ჰქონდა სახეზე, რომ გაღიმება ვერ გაბედა; და რაკიღა ვერც პასუხი მოიფიქრა, უბრალოდ თავი დაუკრა და სათითე ჩამოართვა. თან ცდილობდა, შეძლებისდაგვარად საზეიმო იერი მიეღო.

შემდეგ კანფეტების ჭამაზე მიდგა საქმე. ამან ერთი ხმაური და ალიაქოთი გამოიწვია: დიდმა ფრინველებმა ერთბაშად გადაყლაპეს თავიანთი პრიზები და მერე ჩიოდნენ, გემოც კი ვერ გავუსინჯეთო; პატარა ჩიტებს კი ყელზე დაადგათ და რომ არ დამხრჩვალიყვნენ, საჭირო გახდა მათთვის ზურგზე ხელის დატყაპუნება. ბოლოს და ბოლოს, ამ საქმესაც მორჩნენ, კვლავ წრიულად დასხდნენ და სთხოვეს თაგვს, კიდევ რამე მოგვიყევიო.

„ხომ გახსოვთ, შემპირდით, რომ თქვენს თავგადასავალს მიამბობდით,“ უთხრა ელისმა, „და კიდევ იმას, თუ რატომ გძულთ ‚კ‘ და ‚ძ‘,“ დაამატა ჩურჩულით, რადგანაც ეშინოდა, ისევ არ ვაწყენინოო.

„ო, ჩემი თაგვადასავალი მართლაც განსაკუთრებულია —“ დაიწყო თაგვმა.

„‚თაგვადასავალიო‘?“ დაიბნა ელისი, „თქვენ ალბათ ‚თავგადასავალს‘ გულისხმობთ, ხომ?“

„მე ვგულისხმობ იმას, რასაც ვამბობ,“ მკაცრად მოუჭრა თაგვმა და ცხვირი აპრიხა; მაგრამ წუთიერი დუმილის შემდეგ კი კვლავ ელისს მიუბრუნდა. „კეთილი, გიამბობ,“ უთხრა მომლბარი ხმით და ღრმად ამოიოხრა; „ოღონდ თავიდან არა, ჯერ გრძელი და სევდიანი ბოლო ნაწილი მაქვს მოსაყოლი.“

„*ბოლო ნაწილი* მართლაც გრძელი აქვს,“ შენიშნა ელისმა, რომელიც ჩაფიქრებული დასცქეროდა თაგვის კუდს, „არც გამიკვირდება, რომ სადმე *მოიყოლოს*. ის კი აღარ მესმის, *სევდიანს* რატომ ეძახის.“ სანამ თაგვი თავის ამბავს ჰყვებოდა,

საგონებელში ჩავარდნილი ელისი თვალს არ აცილებდა მის კუდს; ამიტომ მონათხრობმაც გოგონას წარმოსახვაში, აი, ამგვარი სახე მიიღო:—

„ყური დამიგდე,
ჩემო თაგუნა,
მოდი, ის
ვქნათ, რაც
ბედმა გვარგუნა:
სასამართლოში
წავიდეთ
ჩქარა!
ქოფაკმა უთხრა
მეზობელ თაგვს.
არ გამაგონო ახლა
უარი, ჩვენთვის
ღიაა სამსჯავროს
კარი. გაგასამა-
რთლებ, რადგან
ამ დილას არავი-
თარი საქმე
არ მაქვს.
არც მოსამართლე
და არც ჟიური,
სამართალია
ეს სადაური?
თაგვმა
შეჰკადრა
მაწანწალა
ძაღლს,
სად
გაგონილა
ასეთი
რამ?
ჟიურიც
მე ვარ
და
მოსამარ-
თლეც.
ასეა
დღეს
და
იქნება
ხვალეც,
იყო
ცბიერი
ძაღლის
პასუხი.
სიკვდილს
მოგი-
სჯი
შენ
ამაღ-
ჰამ!

„შენ ყურს არ მიგდებ,“ მკაცრად უთხრა თაგვმა ელისს,“ რაზე ფიქრობ?“

„ოჰ, გთხოვთ, მაპატიოთ,“ მოკრძალებით მიუგო ელისმა, „თუ არ ვცდები, უკვე მეხუთე ხვეულს მიადექით.“

„რა ხვეული, რის ხვეული!“ გაცხარდა თაგვი, „რა სისულელეს როშავ! ოჰ, ღმერთო, აღარ შემიძლია ამის ატანა!“

„*ატანა?*“ იკითხა ელისმა, რომელიც მუდამ მზად იყო სამსახური გაეწია სხვებისთვის, „მე დაგეხმარებით, ოღონდ მითხარით, რა გაქვთ *ასატანი* და სად?“

„არაფერსაც არ გეტყვი,“ მოუჭრა თაგვმა; თან ადგა და წასასვლელად გატრიალდა, „მაგ უაზრო ყბედობით შეურაცხყოფას მაყენებ.“

„ეგ აზრადაც არა მქონია,“ საცოდავი ხმით დაიკნავლა ელისმა, „მაგრამ თქვენ ხომ ძალიან ადვილად იცით განაწყენება.“

პასუხად თაგვმა მხოლოდ რაღაც ჩაიბუზღუნა.

„გთხოვთ, დაბრუნდეთ და ბოლომდე გვიამბოთ თქვენი თავგადასავალი,“ დაუძახა ელისმა. დანარჩენებმაც ერთხმად აუბეს მხარი: „დიახ, დიახ, გთხოვთ, არ წახვიდეთ!“ მაგრამ თაგვმა მხოლოდ გაბრაზებით გააქნია თავი და ნაბიჯს აუჩქარა.

„რა სამწუხაროა, რომ არ დარჩა,“ ამოიოხრა ლორიმ, როცა თაგვი თვალს მიეფარა; ხოლო მოხუცმა კიბორჩხალამ დრო იხელთა და თავისი ქალიშვილი დამოძღვრა, „აი, ჩემო ძვირფასო! დაე, ეს გაკვეთილი იყოს შენთვის, რომ გახსოვდეს: თავშეკავება არასოდეს არ უნდა დაკარგო!“

„ხმა ჩაიკმინდე, დედილო!“ ცოტა არ იყოს, უხეშად მიუგო შვილმა, „შენ ლიფსიტასაც კი იოლად დააკარგვინებ მოთმინებას!“

„ეჰ, ნეტავი დინა აქ მყავდეს, მე ვიცი, რასაც ვიზამდი,“ ინატრა ელისმა ხმამაღლა, თუმცა პირადად არავისთვის მიუმართავს, „თვალის დახამხამებაში უკანვე მოაბრუნებდა მაგ თაგვს!“

„ნება მიბოძეთ, გკითხოთ, ეგ დინა ვინ არის?“ დაინტერესდა ლორი.

„დინა ჩვენი კატაა,“ ხალისით უპასუხა ელისმა, მას ხომ ყოველთვის უხაროდა თავის საყვარელ ცხოველზე ლაპარაკის ჩამოგდება, „ვერც კი წარმოიდგენთ, რა ყოჩაღად იჭერს თაგვებს. ახლა ფრინველებს როგორ დასდევს? სკუპ და თვალის დახამხამებაში გადასანსლავს პატარა ჩიტს!“

ამ სიტყვამ დიდი მღელვარება გამოიწვია. ზოგიერთმა ფრინველმა სასწრაფოდ გასწია შინისაკენ. მოხუცი კაჭკაჭი

საგულდაგულოდ შეიფუთნა და შენიშნა: ,,შინ წასვლის დროა. ღამის ჰაერი ყელს მატკივებს.“ იადონი აკანკალებული ხმით უხმობდა თავის შვილებს: ,,შინისკენ გავწიოთ, ჩემო კარგებო! რახანია, თქვენი ძილის დრო მოვიდა!“ ყველამ რაღაც მოიმიზეზა და მალე ელისი მარტო დარჩა.

,,ნეტავი დინა სულ არ მეხსენებინა,“ დაღონდა გოგო, ,,ეტყობა, ამ მხარეში გულზე არავის ეხატება; არადა, დარწმუნებული ვარ, რომ უკეთესი კატა მთელ მსოფლიოში არსად მოიძებნება. ეჰ, ჩემო ძვირფასო დინა, გნახავ კი ოდესმე?!“ აქ საბრალო ელისს კვლავ აუცრემლდა თვალები, ისე დაჩაგრულად და ეულად იგრძნო თავი. მაგრამ ცოტა ხანში კვლავ შემოესმა შორიდან პატარა ფეხების ტყაპატყუპი და გამოცოცხლდა. ოდნავი იმედი მიეცა, ვინ იცის, იქნებ თაგვმა გადაიფიქრა და თავისი თავგადასავლის ჩასამთავრებლად ბრუნდებაო.

თავი IV

თეთრი კურდღელი შინ გზავნის პატარა ბილს

ეს გახლდათ თეთრი კურდღელი, რომელიც ნელ-ნელა მოცანცალებდა და შეშფოთებით აცეცებდა თვალებს, თითქოს რაღაცა დაეკარგაო. ელისმა გაიგონა მისი ბუტბუტი: „ოჰ, დუკასქალო, დუკასქალო! ვაი, ჩემს საბრალო თათებს! ვაი, ჩემს ძვირფას ქურქსა და ულვაშებს! სიკვდილით დასჯა არ ამცდება! ეს ისევე ნაღდია, როგორც ის, რომ მე კურდღელი ვარ! სად *უნდა* დამვარდნოდა, ვერ გამიგია!“ ელისი უცებ მიხვდა, რომ იგი თავის მარაოსა და თეთრ ხელთათმანებს დაეძებდა და ვინაიდან ძალიან გულკეთილი ბავშვი იყო, თვითონაც დაუწყო ძებნა. მაგრამ ვერსად მიაგნო გუბეში ცურვის შემდეგ ყველაფერი ირგვლივ სრულიად სხვაგვარად გამოიყურებოდა, ხოლო დიდი დარბაზი თავისი მინის მაგიდითა და პატარა კარით სადღაც გაუჩინარებულიყო.

მალე კურდღელმაც შეამჩნია მოფუსფუსე ელისი და გაბრაზებით დაუძახა, „ეი, მერი-ენ, მანდ *რას* აკეთებ? *სასწრაფოდ* გაიქეცი შინ და მარაო და ერთი წყვილი ხელთათმანი გამომირბენინე. რაღას აყოვნებ, ჩქარა!“ ელისი ისე დაფრთხა, რომ მაშინვე გავარდა იქით, საითაც კურდღელმა მიუთითა და არც კი უცდია აეხსნა მისთვის, სხვაში აგერიეო.

„ეტყობა, თავისი მოსამსახურე ვეგონე,“ ჩაილაპარაკა სირბილის დროს, „როგორ გაუკვირდება, როცა შეიტყობს, ვინა ვარ! მაგრამ მაინც უმჯობესია, მივუტანო მარაო და ხელთათმანები, თუკი ვიპოვი, რა თქმა უნდა.“ ამას რომ ამბობდა, პაწაწინა კოხტა სახლს მიადგა, რომლის კარზე სპილენძის პრიალა ფირფიტა იყო მიკრული. ზედ დიდრონი ასოებით ეწერა: „თ. კურდღელი“ ელისი დაუკაკუნებლად შევიდა სახლში და ზედა სართულისკენ მიმავალ საფეხურებს აუყვა, თან შიშით გული უფანცქალებდა, ნამდვილ მერი-ენს არ გადავეყაროო, მაშინ ხომ ხელთათმანებისა და მარაოს გარეშე გამოაგდებდნენ გარეთ.

„რა უცნაურია, კურდღლის მოახლედ რომ ვიქეცი,“ თქვა ელისმა თავისთვის, „მალე ალბათ დინაც დამიწყებს მბრძანებლობას.“ და წარმოიდგინა, ეს როგორ მოხდებოდა: ,მის ელის! ჩქარა მობრძანდით და საგარეო ტანსაცმელი ჩაიცვით. თქვენი გასეირნების დროა!‘ ,ახლავე მოვალ, გადია! დინამ დამავალა მის დაბრუნებამდე ამ სოროს დავუდარაჯდე, თაგვი რომ არ გაეპაროს.‘ ისე კი, არა მგონია, ვინმემ გააჩეროს სახლში ისეთი კატა, წამდაუწუმ ბრძანებებს რომ იძლევა!“ თქვა ბოლოს და ერთ მომცრო, კოპწია ოთახში შევიდა.

ფანჯარასთან პატარა მაგიდაზე ეწყო (როგორც იმედოვნებდა) მარაო და რამდენიმე წყვილი პაწაწინა თეთრი ხელთათმანი. ელისმა ხელი დაავლო მარაოსა და ერთ წყვილ ხელთათმანს და ის იყო, გარეთ გასვლა დააპირა, რომ უცებ სარკესთან მდგარი პატარა ბოთლი შენიშნა. ამჯერად ზედ არ იყო წარწერა „დამლიე“, მაგრამ ელისმა მაინც მოხსნა თავი და მიიყუდა. „ვიცი, რაღაც საინტერესო აუცილებლად მოხდება,“ გაიფიქრა, „ასეა ყოველთვის, როცა კი რაიმეს ვჭამ ან ვსვამ! ვნახოთ, რას მიზამს ეს ბოთლი. იმედი მაქვს, რომ გამზრდის. ძალიან მომბეზრდა ცეროდენობა!“

მართლაც ასე მოხდა, თანაც გაცილებით უფრო მალე, ვიდრე ელისი მოელოდა. ჯერ ნახევარი ბოთლიც არ ჰქონდა გამოცლილი, როცა თავით ჭერს მიებჯინა და იძულებული გახდა, მოკუნტულიყო, კისერი რომ არ მოეტეხა. გოგონამ სასწრაფოდ დადო ძირს ბოთლი და ჩაილაპარაკა, „საკმარისია — ვიმედოვნებ, მეტს აღარ გავიზრდები — თუმცა ახლა ვეღარც კარში გავეტევი — ოჰ, ნეტა ამდენი მაინც არ დამელია!“

ვაი, რომ ეს უკვე დაგვიანებული ნატვრა გახლდათ! იგი სულ იზრდებოდა და იზრდებოდა — მალე იატაკზე დაჩოქება მოუხდა. წუთის შემდეგ კი უკვე ვეღარც ამან უშველა ადგილი მაინც არ ჰყოფნიდა. ელისი დიდი გაჭირვებით წამოწვა, ცალი იდაყვი

კარს მიაბჯინა, ხოლო მეორე ხელი თავქვეშ ამოიდო. ზრდას კი მაინც განაგრძობდა. სხვა გამოსავალი რომ ვეღარ მოძებნა, ადგა და მარჯვენა ხელი ფანჯარაში გადაყო, ფეხი კი საკვამურში შეტენა. „ახლა კი, რაც უნდა მოხდეს, მე ვეღარაფერს ვიზამ," თქვა თავისთვის, „ნეტავი რა *დამემართება?*"

იღბლად, ამ დროს ჯადოსნური სითხის მოქმედებაც შეწყდა; ელისი აღარ იზრდებოდა; მაგრამ თავს მაინც მეტად მოუხერხებლად გრძნობდა და ვინაიდან ხსნაც არსაიდან ჩანდა, რა გასაკვირია, რომ ძალიან მოიწყინა.

„შინ ყოფნა გაცილებით უფრო სასიამოვნო იყო," გაიფიქრა საბრალო გოგონამ, „არც ვიღაც თაგვები და კურდღლები დამარბენინებდნენ თავიანთ ნებაზე. ლამის ვინანო, ამ კურდღლის სოროს რომ ჩამოვყევი. და მაინც — და მაინც — ძალიან უცნაურია ამნაირი ცხოვრება. როგორ მაინტერესებს გავიგო, რა დამემართა! ზღაპრებს რომ ვკითხულობდი, მეგონა, მსგავსი ამბები არასოდეს ხდება-მეთქი, ახლა კი თვითონ ამოვყავი თავი ამგვარ საოცრებაში. კარგი იქნება, ჩემზე წიგნი დაიწეროს, დიახ, უნდა დაიწეროს. მე თვითონ დავწერ, როცა გავიზრდები — მაგრამ მე ხომ უკვე გავიზარდე," დაამატა მოწყენით, „ყოველ შემთხვევაში, აქ ადგილი აღარც დარჩა, რომ კიდევ გავიზარდო."

„მაგრამ თუ ზრდა შევწყვიტე,“ განაგრძო ელისმა თავისთვის ლაპარაკი, „ვინ იცის, იქნებ *აღარც* ასაკი მომემატოს? ერთი მხრივ, კარგია, დედაბერი რომ არასოდეს გავხდები; თუმცა, სამაგიეროდ მთელი ცხოვრება გაკვეთილები მექნება სასწავლი. არა, უარს ვაცხადებ!“

„ოჰ, შე სულელო ელის!“ შეეპასუხა თავის თავს, „აბა, აქ რა გაკვეთილები უნდა ისწავლო? შენ თვითონ *ძლივს* ეტევი ამ ოთახში და წიგნებისა და რვეულებისათვის სადღაა ადგილი?“

კარგა ხანს გაგრძელდა ეს საუბარი. ელისი ხან ერთ მხარეს იჭერდა, ხან მეორეს, მაგრამ რამდენიმე წუთის შემდეგ გარედან ვიღაცის ხმა შემოესმა. გოგონა გაჩერდა და ყური მიუგდო.

„მერი-ენ! მერი-ენ!“ დაიძახა ხმამ, „ახლავე მომირბენინე ხელთათმანები!“ ამას კიბეზე პატარა ფეხების ბაკიბუკიც მოჰყვა. ელისმა იცოდა, რომ კურდღელი მოდიოდა მის საძებრად და ისე აცახცახდა, რომ სახლს რყევა დააწყებინა, ის კი დაავიწყდა, რომ იმწუთას კურდღელთან შედარებით ათასჯერ უფრო დიდი იყო და მისი სულაც არ უნდა შეშინებოდა.

ამ დროს კურდღელი კარს მოადგა და შემოღება სცადა, მაგრამ ვინაიდან კარი შიგნით იღებოდა, იქიდან კი ელისის იდაყვი აწვებოდა ძლიერად, ვერას გახდა. გოგონამ გაიგონა, როგორ ჩაილაპარაკა კურდღელმა, მაშინ სახლს შემოვუვლი და ფანჯრიდან შევძვრებიო.

„*ნურას* უკაცრავად!“ გაიფიქრა ელისმა, ცოტა ხანს დაიცადა და როცა, მისი ანგარიშით, კურდღელი უკვე ფანჯრის ქვეშ უნდა ყოფილიყო, უცბად გადაყო გარეთ ხელი და ჰაერში გააფათურა. მართალია, ვერაფერს წაავლო, მაგრამ გაიგონა შეკივლება, დაცემის ხმა და ჩამსხვრეული მინის ლაწალუწი, რამაც აფიქრებინა, რომ ვიღაცამ ზღართანი მოადინა კიტრის სათბურში თუ სხვა ამგვარ რაღაცაში.

მერე კურდღლის გაჯავრებული შეძახილი მოესმა, „ბიჭო, პეტ, სადა ხარ!“ და ვიღაცის ხმა, რომელიც ელისს ადრე არასოდეს გაეგონა: „რა თქმა უნდა, აქ ვარ, თქვენი ჭირიმე! ვაშლებს ვთხრი.“

„ვაშლებს თხრის, აბა!“ გაბრაზდა კურდღელი, „ჩქარა მოდი და *აქედან* ამომიყვანე! (კვლავ გაისმა მინის მსხვრევის ხმა.)

„ახლა კი მითხარი, პეტ, რა არის იქ გამოჩრილი, აიმ ფანჯარაში?“

„რა თქმა უნდა, ხელი, თქვენი ჭირიმე!“ (ეს სიტყვები მან წარმოთქვა, როგორც: „რ'თქმა უნდა, ხელი, თქვენი ჭ'რ'მე.“)

„რა ხელი, შე ბატო, შენა! სად გინახავს ამხელა ხელი? ვერა ხედავ, ძლივს ეტევა ფანჯარაში!“

„რ’თქმა უნდა, ძლივს ეტევა, მაგრამ მაინც ხელი გ’ხლავთ, თქვენი ჭ’რ’მე!“

„ასე რომც იყოს, იქ რა ესაქმება? ახლავე წადი და მოაშორე იქიდან, პეტ!“

ამის შემდეგ კარგა ხნით სიჩუმე ჩამოწვა, მხოლოდ ერთი-ორჯერ მოჰკრა ელისმა ყური ჩურჩულით ნათქვამს: „რ’ვქნა, ნამდვილად არ მომწ’ნს ეგ, თქვენი ჭ’რ’მე, არ მომწ’ნს, არ მომწ’ნს!“ „რას მიქვია! ახლავე წადი და შეასრულე, რაც გითხარი, შე მხდალო, შენა!“ ბოლოს ელისმა ერთხელ კიდევ გააფათურა ჰაერში ხელი, რასაც მოჰყვა ორი შეკივლება და უფრო მეტი ლაწალუწი. „როგორც ჩანს, ძალიან დიდი სათბურებია,“ გაიფიქრა ელისმა, „საინტერესოა, ახლა რას მოიმოქმედებენ.

თუკი ჩემს გამოთრევას აპირებენ, მადლობის მეტი რა მეთქმის. ნამდვილად აღარ მინდა აქ დარჩენა!“

ერთხანს ისევ სიჩუმეში ელოდა. ბოლოს მოისმა ურიკების ბორბლების ჭრიალი და ატყდა ჩოჩქოლი. ეტყობოდა, ბლომად ხალხი შეგროვილიყო. ყველა ერთად ყაყანებდა და ელისმა ძლივს გაარჩია ზოგიერთის ნათქვამი: „სად არის მეორე კიბე? — მე მხოლოდ ერთი უნდა წამომეღო. მეორე ბილს მოაქვს — ეი, ბილ, აქეთ მოიტა ეგ კიბე! — ამ კუთხესთან მიაყუდეთ! — არა, ჯერ ერთმანეთზე გადააბით, თორემ ნახევარზეც ვერ აწვდება! — რა უჭირს, ასეც ივარგებს! — ეი, ბილ, თოკი დაიჭი! — სახურავი თუ გაუძლებს? — ფრთხილად, მანდ კრამიტია მორყეული — ოჰ, მოსწყდა კიდეც! თავზე არ დაგეცეთ! (გაისმა ხმამაღალი ჭახანი.) — ვინ ჩაიდინა ეს? — ვინ და ბილმა — ვინ ჩაძვრება საკვამურში? — არა, ძმაო, *მე* ვერა, *შენ* მიდი! — არა, *ვერც* მე. ბილი ჩაძვრება — ეი, ბილ, პატრონი ამბობს, საკვამურში შენ უნდა ჩაძვრეო!“

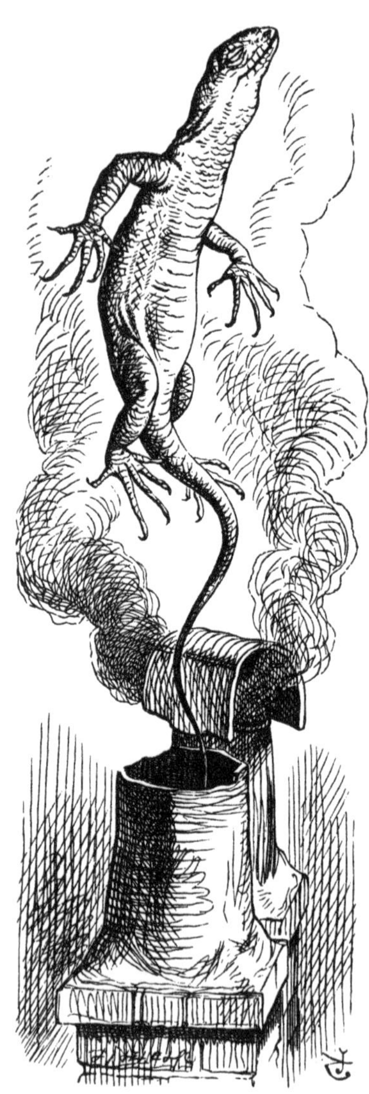

„აჰა, მაშასადამე, ბუხარში ბილი უნდა ჩამოძვრეს, ხომ?“ უთხრა ელისმა თავის თავს, „ეგენი, ეტყობა, ყველა საქმეს ბილს აკისრებენ. არა, ბილის ადგილას ყოფნას არაფრის გულისათვის არ ვისურვებდი. ბუხრის მილი, რა თქმა უნდა, ვიწროა, მაგრამ ერთ გემრიელ პანღურს *ხომ მაინც* ამოვკრავ!

ჰოდა, რაც შეეძლო დაბლა დასწია ფეხი და მოემზადა. ცოტა ხანში ყური მოჰკრა, რომ მილში რაღაც პატარა ცხოვე-

ლი მოიწევდა ფხაჭუნით (იმას კი ვერ მიხვდა, რა ცხოველი იყო). აგერ, ბილიც მობრძანდებაო, გაიფიქრა, ფეხი ღონივრად აჰკრა და დაელოდა, რა მოხდებოდა.

პირველად ელისმა გაიგონა, მთელმა შეკრებილობამ ერთხმად რომ დაიძახა — „შეხეთ, შეხეთ! ბილი მიფრინავს!" რასაც კურდღლის ყვირილი მოჰყვა — ეი, თქვენ, მანდ, ღობესთან, დაიჭით, რას უყურებთ!" ცოტა ხანს სიჩუმე ჩამოვარდა, მერე ისევ აყაყანდა ყველა — თავი წამოუწიეთ, თავი! — ბრენდი მოასმევინეთ! — ფრთხილად, არ დაახრჩოთ! — რა იყო, ძმაო? როგორ იყო? ყველაფერი გვიამბე!"

დაბოლოს, გაისმა მისუსტებული წრიპინი („ეგაა ბილი," გაიფიქრა ელისმა): „რა ვიცი, რა გითხრათ — გმადლობთ, მეტი ბრენდი აღარ მინდა — ახლა უკეთ ვგრძნობ თავს — ბევრი ლაპარაკი არ შემიძლია, ძალიან აღელვებული ვარ — ერთი რამ ვიცი: ქვევიდან ამომკრა რაღაცამ და, ჰერი ბიჭოოო! — მაშხალასავით ავფრინდი ცაში და რა ავფრინდი!"

„კი, ნამდვილად ეგრე იყო, ძმაო," დაემოწმნენ დანარჩენები.

„სახლი უნდა დავწვათ!" გაისმა ამ დროს კურდღლის ხმა. ელისმა, რაც ძალი და ღონე ჰქონდა, ხმამაღლა დაიძახა, „არ გაბედოთ, თორემ დინას მოგიქსევთ ყველას!"

იმავე წამს სამარისებური სიჩუმე ჩამოვარდა. „ნეტა *რას* აპირებენ ახლა?" გაიფიქრა ელისმა, „ჭკუა რომ ჰქონდეთ, სახლს სახურავს მოხდიდნენ." ერთი-ორი წუთის შემდეგ ისინი კვლავ ამოძრავდნენ და ელისმა ყური მოჰკრა კურდღლის ნათქვამს, „დასაწყისისთვის ერთი ურიკა საკმარისი იქნება."

„ერთი ურიკა *რა*?" ჩაფიქრდა ელისი, მაგრამ დიდხანს ფიქრი არ დასცალდა: ფანჯარაში კენჭების წვიმამ წამოუშინა, რამდენიმე ცალი სახეშიც მოხვდა. „ახლავე შეწყვიტეთ, გესმით?!" დაიყვირა მან და კიდევ ერთხელ ჩამოაგდო სამარისებური სიჩუმე.

ამ დროს ელისმა, ცოტა არ იყოს, გაკვირვებით შენიშნა, რომ კენჭები, როგორც კი იატაკზე ეცემოდა, პატარა ნამცხვრებად იქცეოდა და უცბად ბრწყინვალე აზრი დაებადა. „ერთი ნამცხვარი რომ შევჭამო," გაიფიქრა, „*აუცილებლად* შევიცვლი ზომას. ზრდით მეტად ვეღარ გავიზრდები, ჰოდა, იმედი მაქვს, ისევ დავპატარავდები."

გადაყლაპა ერთი ნამცხვარი და ძალიან გაიხარა, როცა აღმოაჩინა, რომ მყისვე იწყო დაპატარავება. მალე იმ ზომისა გახდა, რომ კარში გაეტია და მაშინვე გავარდა გარეთ, სადაც პატარა ცხოველებისა და ფრინველების მთელი გუნდი დახვდა.

ბრბოს შუაგულში მიწაზე იწვა საცოდავი პატარა ხვლიკი, ბილი. ორ ზღვის გოჭს მზრუნველად ეჭირა მისი თავი აქეთ-იქიდან და ბოთლით რაღაცას ასმევდა. ელისის დანახვაზე ყველანი მას მისცვივდნენ, მაგრამ გოგონა თავქუდმოგლეჯილი გაიქცა და მალე უსაფრთხო ადგილას, უღრან ტყეში ამოყო თავი.

„უპირველეს ყოვლისა, ჩემი ძველი ზომა უნდა დავიბრუნო," საკუთარ თავს ეუბნებოდა ელისი, თან ხეებს შორის მიბორიალებდა, „მერე კი როგორმე იმ მშვენიერ ბაღში უნდა შევაღწიო. მე მგონი, უკეთეს გეგმას ვერც კი მოვიფიქრებდი."

ეს მართლაც შესანიშნავი გეგმა გახლდათ: ძალიან მწყობრი და ნათელი. ერთადერთი სირთულე ის იყო, რომ ელისს ოდნავი წარმოდგენაც არ ჰქონდა, თუ როგორ უნდა შესდგომოდა მის განხორციელებას. ჯერჯერობით კი გაფაციცებით მიიკვლევდა გზას ხეებს შორის. და ამ დროს რაღაცამ ზედ თავზე მოკლედ და ხმამაღლა დაჰყეფა. გულგახეთქილმა გოგომ სასწრაფოდ აიხედა მაღლა.

უშველებელი ლეკვი დასცქეროდა ზემოდან დიდი მრგვალი თვალებით. მერე ფრთხილად გამოსწია თათი და ელისს წაუცაცუნა. „საბრალო პაწია!" დაუყვავა ელისმა და სცადა დაესტვინა მისთვის, თან შიშით გული ელეოდა, მშიერი არ იყოს, თორემ რაც უნდა ველაქუცო, მაინც გადამსანსლავსო.

აღარ იცოდა, რა ექნა. თავგზააბნეულმა ძირიდან ერთი ჯოხი აიღო და ლეკვს გაუშვირა. ის კი სიხარულით ლამის გადაირია, ხმამაღლა შეჰყეფა, ერთდროულად ოთხივე ფეხით ახტა ჰაერში და ჯოხს დააცხრა ისეთი იერით, თითქოს გაღრღნას უპირებდა. ელისი გაერიდა და ნარშავის დიდ ბუჩქს ამოეფარა იმის შიშით, ამ თამაშ-თამაშში არ გამთელოსო; მაგრამ როგორც კი მეორე მხარეს გამოყო თავი, ლეკვი ისევ გამოექანა, ოღონდ მეტისმეტი მონდომებისაგან ვეღარ მოზომა და გადაკოტრიალდა. გოგომ გაიფიქრა, გინდა ამასთან მითამაშია და გინდა კამეჩთან, ასე შეიძლება ფეხქვეშ მომიყოლოსო და კვლავ ნარშავის უკან შეიმალა. ლეკვმა კი ნამდვილი ომი გაუმართა ჯოხს: უტევდა და უკან ხტოდა, ყეფდა და წკავწკავებდა. ბოლოს ჯოხისგან საკმაოდ მოშორებით ბალახზე წამოჯდა ქოშინით, ენა გადმოაგდო და თვალები მილულა.

ელისმაც დრო იხელთა და თავს უშველა. რაც ძალი და ღონე ჰქონდა მოკურცხლა და არ გაჩერებულა, სანამ არაქათი სულ არ გამოეცალა და ლეკვის ყეფაც არ მიჩუმდა. სამშვიდობოს რომ დაიგულა თავი, გოგო სულის მოსათქმელად ბაიას ღეროს მიეყრდნო და მისი ფოთლით სახის განიავებას შეუდგა.

„და მაინც, რა საყვარელი პატარა ლეკვი იყო,“ ჩაილაპარაკა, „რამდენ ოინს ვასწავლიდი, რომ — ასეთი ცეროდენა არ ვყოფილიყავი. ოჰ! კინაღამ სულ გადამავიწყდა, კვლავ გაზრდა რომ მჭირდება! მაგრამ, აბა, როგორ მოვახერხო? მაშ ასე — ალბათ ისევ რაიმე უნდა შევჭამო ან დავლიო. მაგრამ საკითხავია, რა?“

ეს მართლაც საკითხავი იყო. ელისმა ირგვლივ მიმოიხედა, თვალი გადაავლო ბალახსა და ყვავილებს, მაგრამ საჭმელად ან დასალევად ვარგისი ვერაფერი იპოვა. გოგონას გვერდით ვეებერთელა სოკო ამოსულიყო, დაახლოებით მისი სიმაღლისა. ელისმა ჯერ ქვემოდან შეათვალიერა, მერე გარშემო შემოუარა და გაიფიქრა, მოდი ერთი, ქუდსაც ვნახავ, ზედ რამე ხომ არ ადევსო.

ჰოდა, თითის წვერებზე აიწია, კისერი დაიგრძელა და უცბად თვალი თვალში გაუყარა დიდ ცისფერ მუხლუხს, რომელიც სოკოს თავზე წამოჭიმულიყო, მკლავები გადაეჯვარედინებინა და არხეინად აბოლებდა ნარგილეს; თან იოტისოდენა ყურადღებას არ აქცევდა არც ელისს და არც რაიმეს ირგვლივ.

თავი V

მუხლუხი რჩევას აძლევს ელისს

მუხლუხი და ელისი ერთხანს მდუმარედ შესცქეროდნენ ერთმანეთს თვალებში. ბოლოს მუხლუხმა ნარგილეს ტარი პირიდან გამოიღო და უსიცოცხლო, ძილნარევი ხმით ჰკითხა:

„ვინ ხარ *შენ*?“

საუბრის ამგვარი დასაწყისი ვერაფერი სანუგეშო გამოდგა. „მე — მე თვითონ კარგად არ ვიცი, სერ,“ გაუბედავად უპასუხა ელისმა, „შემიძლია გითხრათ, ვინ ვიყავი, ამ დილით რომ გავიღვიძე. ოღონდ მას შემდეგ რამდენჯერმე შევიცვალე.“

„რაებს მიედ-მოედები,“ თქვა მუხლუხმა მკაცრად, „სად გგონია *შენი* თავი?“

„მეც სწორედ ეგ მინდა ვიცოდე, სერ, სად არის *ჩემი* თავი. მგონი, სადმე სხვაგან იქნება, თორემ აქ რომ ყოფილიყო, მე *მე* ვიქნებოდი. ახლა კი, მოგეხსენებათ —“

„არ მომეხსენება,“ თქვა მუხლუხმა.

„ვშიშობ, უფრო ნათლად ვერ შევძლებ ახსნას,“ თავაზიანად მიუგო ელისმა, „სიმართლე გითხრათ, სეირიანად მე თვითონაც არ მესმის. როცა ერთი დღის მანძილზე ამდენჯერ შეიცვლი ზომას, დამეთანხმებით, ძალზე დამაბნეველია.“

„ვერ დაგეთანხმები,“ თქვა მუხლუხმა.

„ალბათ თქვენ ჯერ არ გამოგიცდიათ ეს,“ განაგრძო ელისმა, „მაგრამ როცა ერთ მშვენიერ დღეს ჭუპრად გადაქცევა მოგიწევთ, და ხომ იცით, რომ მოგიწევთ, მერე კი პეპლად, მე მგონი, ცოტა უცნაურად იგრძნობთ თავს. განა არა?“

„სულაც არა!“ თქვა მუხლუხმა.

„მაშასადამე, თქვენ განსხვავებული ხასიათისა ბრძანდებით. *მე* კი თქვენს ადგილას ნამდვილად ძალიან გამიკვირდებოდა.“

„შენ!“ აგდებულად ჩაილაპარაკა მუხლუხმა, „ვინ ხარ *შენ*?“

ამ შეკითხვამ ისევ საუბრის დასაწყისთან დააბრუნა ისინი. ელისი ცოტათი გააბრაზა კიდეც მუხლუხის ამგვარმა *მეტისმეტად* მოკლე პასუხებმა, ამიტომ გაიმართა, მტკიცე და სერიოზული იერი მიიღო და განუცხადა: „მე მგონი, ჯერ *თქვენ* უნდა მითხრათ, ვინა ხართ.“

„რატომ?“ ჰკითხა მუხლუხმა.

ამან კვლავ ჩიხში მოაქცია ელისი და რადგან ჭკვიანური ვერაფერი მოიფიქრა, ხოლო მუხლუხი *აშკარად* ცუდ გუნებაზე იყო, გატრიალდა და წასვლა დააპირა.

„დაბრუნდი!“ გასძახა მუხლუხმა, „მნიშვნელოვანი რამ უნდა გითხრა!“

ეს წინადადება საინტერესოდ ჟღერდა. ელისი ცდუნებას აჰყვა და დაბრუნდა.

„ნუ დაკარგავ თავშეკავებას,“ უთხრა მუხლუხმა.

„სულ ეს არის?“ ჩაიდუდუნა ელისმა და ძალიან შეეცადა, გაბრაზება არ დასტყობოდა.

„არა,“ თქვა მუხლუხმა.

ელისმა იფიქრა, საქმე მაინც არაფერი მაქვს, მოდი, დავიცდი, იქნებ, ბოლოს და ბოლოს, რაიმე საგულისხმო მითხრასო. რამდენიმე წუთს მუხლუხი მდუმარედ იჯდა და ნარგილეს აბოლებდა. ბოლოს, როგორც იქნა, ხელები ჩამოუშვა, ერთიორი ბოლქვი გამოუშვა და თქვა: „მაშასადამე, შენ ფიქრობ, რომ შეიცვალე, ხომ?“

„ვშიშობ, რომ შევიცვალე, სერ. ვერ ვიხსენებ ბევრ რამეს და ზომას ვიცვლი ყოველ ხუთ წუთში ერთხელ.“

„მაინც *რაებს* ვერ იხსენებ?“ ჰკითხა მუხლუხმა.

„აი, მაგალითად, ვცადე, ზეპირად მეთქვა *‚ეს პაწაწინა მუშა ფუტკარი‘*, მაგრამ სულ სხვა რამ გამომივიდა,“ დანაღვლიანებით მიუგო გოგომ.

„აბა, თქვი *‚თმა გაგითეთრდა, ჩამობერდი, მამა უილიამ‘*,“ უთხრა მუხლუხმა.

ელისმა გულზე ხელები დაიკრიფა და დაიწყო:—

„თმა გაგითეთრდა, ჩამობერდი, მამა უილიამ,“
ჭაბუკმა სიტყვა მორიდებით შეჰკადრა მამას.
„სულ თავდაყირა დგახარ მაინც სისხამ დილიდან —
თქვი, შენს ასაკში სწორად თვლი ამას?“

„სიჭაბუკეში,“ ჩაფიქრებით ეს უთქვამს ჭარმაგს,
„მართლაც ვშიშობდი — თავზე დგომა ტვინის მტერია;
დღეს, როცა ვიცი, რომ შიგ ტვინის ნასახიც არ მაქვს,
ვფიქრობ, საშიში არაფერია.“

„ბერიკაცი ხარ,“ თქვა ჭაბუკმა, „ასი წლის ხდები,
სხეულით მძიმე, უსაშველოდ გასუქებული;
და კარებში რომ ასე მარდი მალაყით ხტები —
მითხარ, მამილო, ვით გიძლებს გული?“

„სიჭაბუკეში,“ ძეს მიუგებს მშობელი ბრძენი,
„ტანის საზელად ვიყენებდი მე ამ მალამოს.
შენც მოგიხდება, ვიცი, შვილო, ეს შენაძენი —
იაფად მოგცემ, იქნებ გაამოს.“

„შენ მოხუცი ხარ,“ უთხრა შვილმა, „დაგეტყო წლები,
ყბა მოგისუსტდა და კბილებიც აღარ გაქვს მჭრელი;
ბატს მიაძეხი, არ დატოვე არც ფრთა, არც ძვლები —
თქვი, მამაჩემო, როგორ შესძელი?“

„სიჭაბუკეში,“ უთხრა მამამ, „კანონს ვსწავლობდი,
ცოლთან კამათშიც გვარიანი ჯაფა დამადგა;
ყბა გავარჯიშდა — ცუდუბრალოდ როდი ვყბედობდი —
აი, ხომ ხედავ, სად გამომადგა!“

„შენ ბებერი ხარ,“ ვაჟმა მშობელს მიმართა ისევ,
„თვალმაც დაკარგა ძველებური მახვილი მზერა;
მაინც ადვილად გაიჩერე გველთევზა ცხვირზე —
ეს როგორ, მამავ?! აღარც კი მჯერა!“

„მე ვიპასუხე სამ კითხვაზე, აღარ გეყოფა?“
განრისხდა მამა, „თავს ნუ იგდებ, მომბეზრდა, კმარა!
სულ არ ვაპირებ საღამომდე შენთან ყბედობას;
სანამ გიფრინე, გამცილდი ჩქარა!“

„სწორი არ არის,“ თქვა მუხლუხმა.

„ვშიშობ, *მთლად* სწორი მართლაც არ უნდა იყოს,“ გაუბედავად დაეთანხმა ელისი, „ზოგიერთი სიტყვა შეცვლილია.“

„თავიდან ბოლომდე მცდარია,“ თქვა მუხლუხმა დაბეჯითებით და რამდენიმე წუთს კვლავ სიჩუმე ჩამოვარდა.

მუხლუხმა პირველმა ამოიღო ხმა.

„რა ზომის გინდა რომ იყო?“ იკითხა ბოლოს.

„ოჰ, ზომას იმდენად არც დავეძებ,“ სასწრაფოდ მიუგო ელისმა, „უბრალოდ, ხომ იცით, უსიამოვნოა ასე წარამარა გაზრდა-დაპატარავება.“

„არ ვიცი,“ თქვა მუხლუხმა.

ელისმა აღარაფერი უპასუხა. თავის დღეში ასეთნაირად არავინ ჩასდგომია კრიჭაში და გრძნობდა, რომ მოთმინების ფიალა ევსებოდა.

„ამჟამად კმაყოფილი ხარ?“ ჰკითხა მუხლუხმა.

„რა გითხრათ, მერჩივნა, *ოდნავ* უფრო მაღალი ვყოფილიყავი, სერ, თუ თქვენ საწინააღმდეგო არაფერი გექნებათ. სამი გოჯი ხომ ძალიან უბადრუკი სიმაღლეა.“

„შესანიშნავი სიმაღლეა,“ განრისხებით თქვა მუხლუხმა და მთელ სიგრძეზე გაიჭიმა (იგი სწორედ სამი გოჯის სიმაღლე იყო).

„მაგრამ მე მაინც ვერაფრით შევეგუე!“ საწყალობლად დაიკვნესა საბრალო ელისმა, გუნებაში კი გაიფიქრა, „ნეტა ეს არსებები ყველანი ასეთი წყენიები არ ყოფილიყვნენო!“

„დროთა განმავლობაში შეეგუები,“ დააიმედა მუხლუხმა და ისევ გააბოლა.

ამჯერად ელისი მოთმინებით ელოდა, როდის ინებებდა მუხლუხი საუბრის გაგრძელებას. ორიოდე წუთის შემდეგ იმან ნარგილეს ტარი პირიდან გამოიღო, ერთი-ორჯერ დაამთქნარა და გაიზმორა. შემდეგ სოკოდან ჩამოძვრა და ბალახში გაცოცდა.

„ერთი გვერდი დაგაგრძელებს, მეორე კი დაგამოკლებს,“ დაუბარა წასვლის წინ.

„ერთი გვერდი *რისა*? მეორე გვერდი *რისა*?“ გაიფიქრა ელისმა.

„სოკოსი,“ თქვა მუხლუხმა, თითქოს შეკითხვა გაიგონაო, და წუთის შემდეგ თვალს მიეფარა.

ერთხანს ელისი ჩაფიქრებით ათვალიერებდა სოკოს, ცდილობდა, გაერკვია, სად ჰქონდა ერთი გვერდი და სად მეორე, მაგრამ ვინაიდან სოკო *სრულიად* მრგვალი იყო, ეს საქმე ფრიად დიდი თავსატეხი აღმოჩნდა. ბოლოს მან, რაც შეეძლო,

ფართოდ გაშალა ხელები, სოკოს შემოჰხვია და სადაც მისწვდა, თითო ნაჭერი მოატეხა.

„ახლა კი გასარკვევია, რომელი რომელია,“ ჩაილაპარაკა გოგონამ და საცდელად ცოტაოდენი მოკბიჩა მარჯვენა ხელიდან: მომდევნო წამს ნიკაპი მტკივნეულად დაარტყა საკუთარ ფეხსაცმელებს!

ამ უეცარმა ცვლილებამ გვარიანად დააფრთხო ელისი, მაგრამ იგრძნო, რომ დაყოვნება არ შეიძლებოდა, ვინაიდან ელვის სისწრაფით განაგრძობდა დაპატარავებას. ამიტომ სასწრაფოდ მეორე ნატეხის ჭამასაც შეუდგა; თუმცა ნიკაპი ისე მჭიდროდ ჰქონდა დაბჯენილი ფეხებზე, რომ პირის გაღებას ვერ ახერხებდა; ბოლოს მაინც იმარჯვა და მარცხენა ნატეხსაც მოაკბიჩა ერთი ლუკმა.

*   *   *   *   *

*   *   *   *

*   *   *   *   *

„მადლობა ღმერთს, როგორც იქნა, თავი გამითავისუფლდა!“ შვებით ამოისუნთქა ელისმა, მაგრამ სიხარული მეორე წამს შეშფოთებით შეეცვალა, როცა საკუთარ მხრებს ვერსად მოჰკრა თვალი. დაბლა რომ დაიხედა, მხოლოდ უსაშველო სიგრძის კისერიღა დაინახა, რომელიც ძელივით ამომართულიყო მის ქვეშ გადაშლილ მწვანე ფოთლების ზღვაში.

„ნეტავი ეს *სიმწვანე* რა უნდა იყოს?“ გაიკვირვა ელისმა, „და სად *დაიკარგა* ჩემი მხრები? ჩემო საბრალო ხელებო, სადა ხართ? რატომ ვეღარ გხედავთ?“ ამ ლაპარაკში თან ხელები გაიქნია, მაგრამ ამას არავითარი შედეგი არ მოჰყოლია, მხოლოდ შორს, ქვემოთ, ოდნავ შეირხა ფოთლები.

ელისი მიხვდა, რომ ვერასგზით ვერ ამოყოფდა თავამდე ხელებს, ამიტომ სცადა ახლა თავი მიეტანა მათთან და ძალიან გაუხარდა, როცა შენიშნა, რომ კისერი გველივით მოქნილი გახდომოდა და შეეძლო, იოლად გადაეგზნიქა, საითაც მოესურვებოდა. ის-ის იყო მოხდენილად დაკლაკნა კისერი და ფოთლებში თავის ჩარგვა დააპირა (ეს ფოთლები კი სხვა არა იყო რა, თუ არა იმ ხეთა კენწეროები, რომელთა ქვეშაც ახლახან დახეტიალობდა), რომ უეცრად ვიღაცა საშინელი სისინითა და ფრთების ტყლაშუნით ეცა სახეში და უკან დაახევინა. ეს მოზრდილი მტრედი აღმოჩნდა.

„გველი-ი-ი!“ წიოდა მტრედი.

„მე გველი *არა ვარ*!“ აღშფოთდა ელისი, „თავი დამანებეთ!“

„გველი ხარ, დიახ, გველი!“ გაუმეორა მტრედმა, ამჯერად ნაკლებად დაბეჯითებით, და მორთო ქვითინი, „რა არ ვცადე და ამათთან მაინც ვერაფერს გავხდი!“

„წარმოდგენაც არა მაქვს, რას ლაპარაკობთ,“ მიუგო ელისმა.

„რა არ ვცადე: ხის ძირები, მდინარის ნაპირი, ბუჩქნარი,“ განაგრძობდა მტრედი, თითქოს ელისის ნათქვამი არც კი გაუგონიაო, „მაგრამ განა ამ გველებს სადმე დაემალები?! ოჰ, არა, შეუძლებელია ამათი გულის მოგება!“

ელისი საგონებელში იყო ჩავარდნილი, მაგრამ გრძნობდა, რომ ხმის ამოღებას აზრი არ ჰქონდა, სანამ მტრედი სათქმელს არ მოათავებდა.

„ვითომ კვერცხებზე ჯდომა ადვილი საქმე იყოს! ახლა კიდევ მიდი და ამ გველებს უდარაჯე დღედაღამ! უკვე სამი კვირაა, თვალი არ მომიხუჭავს!“

„ძალიან ვწუხვარ, ასე რომ გაწუხებენ,“ უთხრა ელისმა, რომელიც ნელ-ნელა გაერკვია საქმის ვითარებაში.

„და ის-ის იყო, შევარჩიე ყველაზე მაღალი ხე ამ ტყეში,“ არ ცხრებოდა მტრედი და უკვე მთელი ხმით გაჰკიოდა, „ის იყო, ვიფიქრე, ახლა კი მოვისვენებ-მეთქი და აჰა, ბატონო! პირდაპირ ზეციდან მოიკლაკნებიან! უჰ, გველო!“

„ხომ გითხარით, გველი არა ვარ-მეთქი,“ უთხრა ელისმა, „მე ვარ — მე ვარ —“

„ჰო, ჰო! აბა, მითხარი, *რა* ხარ,“ გააწყვეტინა მტრედმა, „კარგად ვხედავ, რაღაცას რომ იგონებ!“

„მე — მე პატარა გოგო ვარ,“ არც მთლად დაბეჯითებით მიუგო ელისმა; გაახსენდა, რამდენჯერ შეიცვალა იმ დღის განმავლობაში.

„კი, როგორ არა!“ ზიზღით მიაძახა მტრედმა, „ვინ მოთვლის, რამდენი პატარა გოგო მინახავს ჩემს ცხოვრებაში, მაგრამ *მაგსივრძე* კისრით — არც ერთი! არა, ნუ უარყოფ! გველი ხარ, ნამდვილი გველი! იქნებ ისიც თქვა, კვერცხი არასოდეს გამისინჯავსო?“

„არა, რატომ? კვერცხი ნამდვილად გამისინჯავს,“ გამოტყდა ელისი (იგი ხომ მეტად უეშმაკო და ალალ-მართალი ბავშვი იყო), „მაგრამ პატარა გოგონებიც, მოგეხსენებათ, ისევე ჭამენ კვერცხს, როგორც გველები.“

„არ მჯერა,“ მკვახედ უთხრა მტრედმა, „მაგრამ თუ ასეა, ისინიც გველები ყოფილან. სხვას ვერაფერს გეტყვი!“

ეს იმდენად ახალი თვალსაზრისი გახლდათ, რომ ელისს ერთი-ორი წუთით ენა ჩაუვარდა, მტრედმა კი დრო იხელთა და დაურთო: „კარგად ვიცი, აქ *კვერცხებს* დაეძებ. ჰოდა, რა განსხვავებაა ჩემთვის, პატარა გოგო ხარ თუ გველი?“

„*ჩემთვის* კი დიდი განსხვავებაა,“ სასწრაფოდ შეეპასუხა ელისი, „და თანაც, რომ იცოდეთ, სულაც არ ვეძებ კვერცხებს. რომც ვეძებდე, *თქვენები* მაინც არ მჭირდება: არ მიყვარს უმი კვერცხი.“

„მაშ, თუ ასეა, მომწყდი თავიდან!“ მიახალა მტრედმა და თავის ბუდეში მოკალათდა. ელისმა კი, რაც შეეძლო, დაბლა დახარა თავი და სცადა ხეებს შორის გამძვრალიყო; მაგრამ კისერი გამუდმებით ეხლართებოდა ტოტებში და წამდაუწუმ გაჩერება უწევდა თავის გამოსახსნელად. ცოტა ხნის შემდეგ მოაგონდა, რომ სოკოს ნატეხები კვლავ ხელში ეჭირა, და ფრთხილად შეუდგა ჭამას: რიგრიგობით ხან ერთ ნატეხს მოაკბეჩდა ცოტას, ხან მეორეს. ასე, თანდათანობით, მრავალჯერ გაზრდა-დაპატარავების შემდეგ, ბოლოს თავისი ჩვეული ზომის მიღება მოახერხა.

თავდაპირველად ძალიან ეუცხოვა, ისე გადაჩვეული იყო თავის ნამდვილ სიმაღლეს, მაგრამ მალევე შეეგუა და ისევ გაუბა თავს საუბარი: „ესეც ასე! გეგმის ნახევარი უკვე შევასრულე! ყველა ეს ცვლილება კი ისეთი გამაოგნებელია! ყოველ წამს შეიძლება გადასხვაფერდე და არასოდეს იცი, ვინ გახდები. ასეა თუ ისე, ჩემი ნამდვილი სიმაღლე ხომ მაინც დავიბრუნე! ახლა როგორმე იმ მშვენიერ ბაღში უნდა შევაღწიო. მაგრამ ნეტა *როგორ?*“ ამ ლაპარაკში უცებ მინდვრად ამოყო თავი და ოთხიოდე ფუტის სიმაღლის პატარა სახლი დაინახა. „ვინც უნდა ცხოვრობდეს შიგ,“ გაიფიქრა ელისმა, „მაინც არ ივარგებს, თუ *ამსიმაღლე* ბავშვი წამოვადგები თავზე. ხომ შეიძლება, შიშისგან გული გადაუბრუნდეს!“ ამიტომ კვლავ მარჯვენა ნატეხს დაუწყო ცმუცნა და მანამდე ვერ გაბედა სახლთან მისვლა, სანამ ცხრა გოჯის სიმაღლემდე არ დაპატარავდა.

თავი VI

გოჭი და პილპილი

ელისი ერთ-ორ წუთს სახლის წინ იდგა, იქაურობას ათვალიერებდა და ფიქრობდა, ახლა რა ვქნაო. უეცრად ტყიდან ლივრეაში გამოწყობილი ლაქია გამოვარდა — (ელისმა იმიტომ მიიჩნია ლაქიად, რომ ლივრეა ეცვა, თორემ შესახედავად თევზი იყო) — და კარს ბრახუნი აუტეხა. კარი მეორე ლაქიამ გაუღო; მასაც ლივრეა ეცვა, მრგვალი სახე და ბაყაყივით გადმოკარკლული თვალები ჰქონდა. ელისმა შენიშნა, რომ ორივეს დაპუდრული და დაკულულებული პარიკები ედო თავზე. ცნობისმოყვარეობამ აიტანა, ნეტა რა ხდებაო, ხის უკან გაიტრუნა და ყური მიუგდო.

ლაქია-თევზმა იღლიიდან უზარმაზარი კონვერტი გამოაძვრინა (თითქმის იმხელავე, რამხელაც თვითონ იყო), საზეიმო იერით გადასცა მეორე მსახურს და მედიდურად წარმოთქვა, „წერილი დუკასქალს. დედოფალი ეპატიჟება კროკეტის სათამაშოდ.“ ლაქია-ბაყაყმა ასეთივე საზეიმო კილოთი გაიმეორა, ოღონდ სიტყვებს ადგილი შეუცვალა: „წერილი დედოფლისაგან. დუკასქალს ეპატიჟება კროკეტის სათამაშოდ.“

მერე მდაბლად დაუკრეს ერთმანეთს თავი და მათი კულულები ერთმანეთში გადაიხლართა.

ამის შემხედვარე ელისს ისეთი სიცილი წასკდა, რომ იძულებული გახდა, ისევ ტყეში შევარდნილიყო, არავინ გამიგონოსო. ცოტა ხნის შემდეგ ისევ გამოიჭყიტა და დაინახა, რომ ლაქიათევზი წასულიყო, ლაქია-ბაყაყი კი სახლის კართან მიწაზე იჯდა და უაზროდ მისჩერებოდა ზეცას.

ელისი მორიდებით მიუახლოვდა და კარზე დააკაკუნა.

„დაკაკუნებას არავითარი აზრი არა აქვს,“ თქვა ლაქიამ, „და არა აქვს ორი მიზეზის გამო: *ჯერ ერთი*, მე კარის აქეთა მხარესა ვარ, ისევე, როგორც შენ. *მეორეც კიდევ*, იმათ შიგნით იმისთანა გნიასი აქვთ ატეხილი, რომ მაინც ვერაფერს გაიგონებენ.“ და მართლაც, სახლში წარმოუდგენელი ხმაური იდგა — განუწყვე-

ტელი ბღავილი, ჭყივილი, ცხვირის ცემინება, შიგადაშიგ კი გამაყრუებელი ლაწალუწი მოისმოდა, გეგონებოდათ, ჭურჭელს ამსხვრევენო.

„მაშინ იქნებ მითხრათ, როგორ უნდა შევიდე შიგ?“ თავაზიანად ჰკითხა ელისმა.

„შესაძლოა, შენს კაკუნს კიდეც ჰქონოდა რაიმე აზრი,“ განაგრძო ლაქიამ, თითქოს ელისის შეკითხვა არც კი გაუგონიაო, „ჩვენ შორის კარი რომ ყოფილიყო. მაგალითად, შენ რომ *შიგნით* ყოფილიყავი, შეგეძლო დაგეკაკუნებინა, მე კი, ვთქვათ, გაგიღებდი და გამოგიშვებდი.“ მთელი ამ ლაპარაკის დროს ლაქია ცას მიშტერებოდა და გოგომ გაიფიქრა, დიდი ზრდილობით ვერ გამოირჩევაო. „თუმცა, იქნებ, სხვანაირად არც კი შეუძლია!“ ივარაუდა მერე, „თვალები ხომ *ზედ* შუბლზე აქვს წამომსხდარი. მაგრამ, ასეა თუ ისე, კითხვაზე პასუხის გაცემა მაინც უნდა მოახერხოს.“ და ხმამაღლა გაუმეორა შეკითხვა ლაქიას — „როგორ უნდა შევიდე?“

„აქედან ფეხს არ მოვიცვლი,“ თქვა ლაქიამ, „ვიჯდები თუნდაც ხვალამდე —“

ამ დროს სახლის კარი გაიღო და იქიდან შხუილით გამოფრინდა დიდი თეფში ლაქიას თავის მიმართულებით. მაგრამ მხოლოდ ოდნავ გაჰკრა ცხვირში, მერე მის უკან მდგარ ხეს მიეხეთქა და ნამსხვრევებად იქცა.

„— იქნებ ზეგამდეც,“ განაგრძო ლაქიამ, ვითომც აქ არაფერიაო.

„როგორ უნდა შევიდე სახლში?“ კიდევ უფრო ხმამაღლა მიმართა ელისმა.

„*ღირს* კი საერთოდ იქ შესვლა?“ უპასუხა ლაქიამ, „საკითხავი, აი, ეს არის!“

ეს მართლაც საკითხავი იყო, ოღონდ ელისს სულაც არ მოეწონა ამ შენიშვნის ტონი. „რა საშინელებაა,“ ჩაილაპარაკა, „ეს არსებები წამდაუწუმ კრიჭაში გიდგებიან, სწორედ ჭკუიდან შეშლიან ადამიანს!“

ლაქიამ ისარგებლა ხელსაყრელი წამით და თავისი შენიშვნა გაიმეორა; ამჯერად მცირეოდენი სახეცვლილებით: „აქედან ფეხს არ მოვიცვლი; არც დღეს, არც ხვალ, არც ზეგ.“

„მე რაღა უნდა ვქნა?“ ჰკითხა ელისმა.

„რაც შენს გულს გაუხარდეს,“ მიუგო ლაქიამ და სტვენას მოჰყვა.

„ოჰ, ნეტავი მეც რას ველაპარაკები,“ მოთმინება დაკარგა ელისმა, პირწავარდნილი ყეყეჩია!“ გააღო კარი და სახლში შეაბიჯა.

კარი პირდაპირ დიდ სამზარეულოში შედიოდა. იქაურობა სასტიკად იყო გაბოლილი. შუაგულში დუკასქალი იჯდა სამფეხა სკამზე და ჩვილს არწევდა. მზარეული ცეცხლს ადგა თავს და გამალებით ურევდა წვნიანით პირთამდე სავსე უშველებელ ქვაბს.

„ამ წვნიანს, ეტყობა, მეტისმეტად ბევრი პილპილი უქნეს,“ ამის თქმაღა მოასწრო ელისმა და ცხვირის ცემინება აუტყდა.

და მართლაც, ჰაერი მეტისმეტად გაჯერებული იყო პილპილით. შიგადაშიგ დუკასქალსაც კი აცემინებდა. რაც შეეხება ბავშვს, ჭყივილი და ცემინება წამითაც არ შეუწყვეტია. სამზარეულოში არ აცემინებდათ მხოლოდ მზარეულსა და ვეებერთელა კატას, რომელიც კერასთან იჯდა, ყურთამდე დაეღო პირი და იღიმებოდა.

„უკაცრავად,“ წამოიწყო ელისმა მორიდებით: ეშინოდა, უზრდელობაში არ ჩამორთმეოდა, პირველმა რომ დაილაპარაკა, „რატომ იღიმება ასე თქვენი კატა?“

„ეგ ჩეშირული კატაა,“ მიუგო დუკასქალმა, „აი, რატომ. შე გოჭო. შენა!“

ბოლო სიტყვები მან ისეთი გაშმაგებით წამოიძახა, რომ ელისი შეხტა, თუმცა მაშინვე მიხვდა, რომ ეს მიმართვა ბავშვს ეხებოდა, ისევ გათამამდა და განაგრძო:—

„არასოდეს გამიგონია, ჩეშირული კატები თუ მუდამ იღიმებოდნენ. კაცმა რომ თქვას, არც ის ვიცოდი, კატებს *საერთოდ* თუ შეუძლიათ გაღიმება.“

„ყველას შეუძლია,“ თქვა დუკასქალმა, „და უმეტესობა ასეც შვრება.“

„მე კი აქამდე არ მენახა,“ თავაზიანად უთხრა ელისმა, ფრიად კმაყოფილმა, რომ საუბრის გაბმა მოახერხა.

„შენ ბევრი რამ არ გინახავს,“ მოუჭრა დუკასქალმა, „ეს სრულიად აშკარაა!“

ელისს არ ესიამოვნა ამ შენიშვნის ტონი და გადაწყვიტა, სხვა თემაზე გადაეტანა საუბარი. სანამ იმის ფიქრში იყო, კიდევ რაზე დაველაპარაკოო, მზარეულმა მოთუხთუხე ქვაბი ცეცხლიდან გადმოდგა და იმავე წამს დაუშინა დუკასქალსა და ბავშვს ყველაფერი, რაც კი ხელთ მოხვდა — ჯერ მაშა და ბუხრის საჩხრეკი გაუქანა, შემდეგ კი ფინჯნების, თეფშებისა და ლამბაქების სეტყვა მიაყოლა. დუკასქალს წარბი არ შეუხრია, მიუხედავად იმისა, რომ რაღაც-რაღაცეები მოხვდა კიდეც. ბავშვი კი მანამდეც ისეთი ხმით ჭყიოდა, რომ სრულიად შეუძლებელი იყო გაგერკვიათ, ატკინა თუ არა ნასროლმა რამე.

„ფრთხილად! რას შვრებით? გონს მოდით, *ძალიან* გთხოვთ!“ ყვიროდა შეძრწუნებული ელისი და ადგილზე ხტოდა, „ვაიმე, ცხვირი წააწყვიტა, პატარა, *საყვარელი* ცხვირი!“ წამოიძახა, როცა ჩვილს ვეება ქვაბმა ჩაუფრინა წინ და კინაღამ მართლაც წააცალა ცხვირი.

„ზოგ-ზოგები სხვის საქმეში ცხვირს რომ არ ჰყოფდნენ,“ წაისისინა დუკასქალმა, „დედამიწა გაცილებით უფრო სწრაფად იტრიალებდა, ვიდრე ახლა ტრიალებს.“

„ეგ კი *სულაც* არ მოგვიტანდა ხეირს,“ შენიშნა ელისმა, გახარებულმა იმით, რომ ცოდნის გამომჟღავნების საშუალება მიეცა, „აბა, წარმოიდგინეთ, დღე-ღამეს რა დაემართებოდა. ხომ იცით, დედამიწას ოცდაოთხი საათი სჭირდება, თავისი ღერძის გარშემო რომ შემობრუნდეს —“

„საქმე ისე არ *შემობრუნდეს*,“ მოჭუტა თვალები დუკასქალმა, „თავი მხრებზე აღარ შეგრჩეს!“ და მზარეულს გასძახა: „ეი, წააცალეთ ამას თავი!“

ელისმა შეშფოთებით გახედა მზარეულს, მაგრამ იგი ისეთი გამალებით ურევდა წვნიანს ქვაბში, რომ ეტყობოდა, დუკასქალის ბრძანებისთვის ყურადღება არ მიუქცევია. ჰოდა, გოგომაც განაგრძო: „დიახ, *მგონი*, სწორედ ოცდაოთხი საათი — თუ თორმეტი? მე —"

„ოჰ, გული *ნუ* გამიწყალე," გააწყვეტინა დუკასქალმა, „ვერასოდეს ვიტანდი ციფრებს." მერე იავნანასმაგვარი სიმღერა წამოიწყო და კვლავ შეუდგა ჩვილის რწევას, თან ძლიერად ანჯღრევდა მას ყოველი კუპლეტის ბოლოს:—

„თუ აცემინებს შენი პატარა,
წამოუთაქე თავში,
ჯიბრზე აკეთებს ამას აშკარად,
განზრახ გაბრაზებს ბავში."

მისამღერი

(რომელსაც მზარეული და ბავშვიც შეუერთდნენ):—

„ღავ! ღავ! ღავ!"

დუკასქალი სიმღერის მეორე კუპლეტზე გადავიდა, თან გააფთრებით აბურთავებდა ჩვილს. ის საცოდავი კი ისე იჭაჭებოდა, რომ ელისმა ძლივძლივობით გაარჩია სიტყვები:—

„თუ აცემინებს ჩემი პატარა,
ვუთაქებ ხოლმე თავში,
რადგან მიირთმევს პილპილს ნეტარად,
როცა კი უნდა, მაშინ."

მისამღერი

„ღავ! ღავ! ღავ!"

„აჰა, დაიჭი! შეგიძლია, ცოტა ხანს დაარწიო, თუ გინდა!" გასძახა დუკასქალმა ელისს და ბავშვი გადაუგდო, „მე უნდა წავიდე და დედოფალთან კროკეტის სათამაშოდ მოვემზადო." ეს თქვა და სასწრაფოდ გავარდა ოთახიდან. მზარეულმა ტაფა დაადევნა ზურგში, მაგრამ ააცილა.

ელისმა ძლივძლივობით მოახერხა ამ მეტად უცნაური მოყვანილობის მქონე, ხელფეხგაფარჩხული ბავშვის ხელში დაჭერა. ვარსკვლავა თევზს ჰგავსო, გაივლო გუნებაში. საბრალო არსება ნამდვილი ორთქლის მანქანასავით ქშენდა, თან ისე იგრიხე-

ბოდა და იკლაკნებოდა გოგოს ხელში, რომ კინაღამ ხელიდან გაუსხლტა.

ბოლოს, როგორც იქნა, ელისმა მიაგნო სათანადო ხერხს (ცალი ხელი მარჯვენა ყურში ჩაავლო ბავშვს, მეორე ხელი მარცხენა ფეხში და ბოხჩასავით გამონასკვა, რითაც განძრევის ყოველგვარი საშუალება მოუსპო), შემდეგ კი გარეთ, სუფთა ჰაერზე გაიყვანა. „თუ ეს ბავშვი იქაურობას არ მოვაშორე,“ გაიფიქრა გულში, „ესენი ერთ-ორ დღეში სიცოცხლეს მოუსწრაფებენ: განა მკვლელობა არ იქნება მისი აქ დატოვება?!“ ბოლო სიტყვები ელისმა ხმამაღლა წარმოთქვა და პატარა არსებამ პასუხად დაიღრუტუნა (ცემინებით კი უკვე აღარ აცემინებდა). „ნუ ღრუტუნებ,“ უთხრა გოგომ, „ზრდილი ადამიანები სხვაგვარად გამოხატავენ თავიანთ აზრებს.“

ბავშვმა ისევ დაიღრუტუნა და ელისი შეშფოთებით დააცქერდა, ნეტა რა სჭირსო. უეჭველი იყო: ცხვირი *მეტისმეტად* აპრეხილი ჰქონდა და დინგს მიუგავდა, ხოლო თვალები ჩვილის კვალობაზეც კი შეუსაბამოდ წვრილი უჩანდა. ელისს ძალიან არ მოეწონა მისი იერი. „იქნებ მხოლოდ წამოიტირა,“ გაიფიქრა გოგონამ და კვლავ ჩახედა თვალებში, ხომ არ გაუცრემლიანდაო.

მაგრამ არა, ცრემლის კვალიც არ ეტყობოდა. „იცი, რას გეტყვი, ჩემო ძვირფასო,“ უთხრა ელისმა სერიოზულად, „გოჭად გადაქცევას თუ აპირებ, აღარ გაგეკარები, იცოდე!“ პატარა არსებამ კვლავ ამოისლუკუნა (ან იქნებ დაიღრუტუნა, ძნელი გასარჩევი იყო) და მათ ერთხანს ჩუმად განაგრძეს გზა.

ელისი უკვე იმის ფიქრში იყო, რა უნდა ვუყო ამ სულიერს, შინ როცა მივიყვანო, და ამ დროს იმან კვლავ დაიღრუტუნა, თან ისე ხმამაღლა, რომ გოგონა შიშით შეხტა. ერთხელ კიდევ დააცქერდა სახეზე და ამჯერად *საბოლოოდ* გაეფანტა ეჭვი: ხელში არც მეტი, არც ნაკლები, ნამდვილი გოჭი შერჩა.

ელისმა იგრძნო, რომ უაზრობა იქნებოდა, კვლავ ხელით ეტარებინა იგი, მიწაზე დასვა და ფრიად გაიხარა, როცა დაინახა, რომ გოჭი მშვიდად წაცუნცულდა ტყისკენ. „ეს რომ გაიზრდებოდა,“ გაივლო გულში ელისმა, „საშინლად მახინჯი ბავშვი დადგებოდა. გოჭად კი, მგონი, ნამდვილად არა უშავს რა.“ მერე დაიწყო იმ ნაცნობი ბავშვების გახსენება, რომელთაგანაც შესანიშნავი გოჭები დადგებოდა. „ნეტა ვინმემ იცოდეს, რა გზით შეიძლება მათი გოჭებად გადაქცევა?“ გაიფიქრა და ამ დროს მოულოდნელობისგან ოდნავ შეკრთა: მის წინ, რამდენიმე ნაბიჯის მოშორებით, ხის ტოტზე, ჩეშირული კატა იჯდა.

ელისის დანახვაზე კატამ მხოლოდ გაიღიმა. ერთი შეხედვით, საკმაოდ უწყინარი ვინმე ჩანდა, თუმცა *ისეთი* გრძელი ბრჭყალები და *იმდენი* ბასრი კბილი ჰქონდა, რომ ელისმა იფიქრა, სიფრთხილეს თავი არ სტკივა, სჯობს, პატივისცემით მოვეპყროო.

„ჩეშირულო ფისუნია," ცოტა არ იყოს, გაუბედავად მიმართა გოგონამ: სულაც არ იყო დარწმუნებული, მოეწონებოდა თუ არა კატას ეს სახელი. მაგრამ პასუხად იმან კიდევ უფრო ფართოდ გაიღიმა. „კარგია, ჯერჯერობით კმაყოფილი ჩანს," გაიფიქრა ელისმა და განაგრძო: „ხომ ვერ მეტყვით, სერ, აქედან რა გზით უნდა გავაღწიო?"

„გააჩნია, სად გსურს მისვლა," მიუგო კატამ.

„რა ვიცი, ჩემთვის სულერთია —" უპასუხა ელისმა.

„მაშინ მნიშვნელობა არ აქვს, რა გზით წახვალ," უთხრა კატამ.

„— ოღონდ *სადმე* მივაღწიო," დაამატა გოგომ.

„დარდი ნუ გაქვს, სადმე აუცილებლად მიაღწევ,“ დააიმედა კატამ, „ერთი ეგ არის, დიდხანს სიარული დაგჭირდება.“

ელისი მიხვდა, ამის უარყოფა გაუჭირდებოდა, ამიტომ ახლა სხვა შეკითხვა სცადა: „რა ხალხი ცხოვრობს ამ არემარეში?“

„*აქეთ* თუ წახვალ,“ კატამ მარჯვენა თათი გაიქნია, „მექუდის სახლს მიადგები, *იქით* კი —“ ახლა მარცხენა თათით უჩვენა, „— მარტის კურდღელი ცხოვრობს. ესტუმრე, რომელსაც გნებავს: ორივე გიჟია.“

„სულაც არ მინდა. გიჟებთან რა საქმე მაქვს?“ ტუჩი აიბზუა ელისმა.

„მაგას მაინც ვერ გაექცევი,“ შენიშნა კატამ, „ჩვენ აქ ყველანი გიჟები ვართ. მე გიჟი ვარ, შენც გიჟი ხარ.“

„რა იცით, რომ მე გიჟი ვარ?“ ჰკითხა ელისმა.

„ნამდვილად გიჟი იქნები,“ უპასუხა კატამ, „თორემ, აბა, აქ რა მოგიყვანდა?“

ელისს ეს საბუთი სულ არ მოეჩვენა დამაჯერებლად, თუმცა აღარ შეეკამათა და განაგრძო: „ანდა რა იცით, რომ თქვენ ხართ გიჟი?“

„დავიწყოთ იმით,“ თქვა კატამ, „რომ ძაღლი გიჟი არ არის. ხომ მეთანხმები?“

„დავუშვათ, რომ ასეა,“ მიუგო ელისმა.

„კეთილი,“ განაგრძო კატამ, „ჰოდა, შენ ხომ იცი, რომ ძაღლი იღრინება, როცა გაბრაზებულია და კუდს აქიცინებს, როცა კმაყოფილია. ხოლო *მე* ვიღრინები, როცა კმაყოფილი ვარ და კუდს ვაქიცინებ, როცა ვბრაზობ. აი, რატომ ვარ გიჟი!“

„*მე* მაგას კრუტუნს ვუძახი და არა ღრენას,“ შენიშნა ელისმა.

„რაც გსურს, ის დაუძახე,“ განუცხადა კატამ, „დღეს დედოფალს კროკეტს თუ ეთამაშები?“

„დიდი სიამოვნებით ვითამაშებდი,“ მიუგო ელისმა, „მაგრამ ჯერ არავის დავუპატიჟებივარ.“

„ჰოდა, იქ შევხვდებით ერთმანეთს,“ უთხრა კატამ და გაქრა.

ელისს ეს მაინცდამაინც აღარ გაჰკვირვებია, უკვე ისე იყო შეჩვეული უცნაურ ამბებს. ჩაფიქრებული უცქერდა იმ ადგილს, სადაც კატა იჯდა, რომელიც ამასობაში კვლავ გამოჩნდა.

„სხვათა შორის, მინდოდა მეკითხა და სულ გადამავიწყდა. იმ ბავშვს რა დაემართა?“ იკითხა მან.

„გოჭად გადაიქცა,“ უპასუხა ელისმა ისე მშვიდად, თითქოს კატის ასეთნაირი გაქრობა-გამოჩენა სრულიად ჩვეულებრივი ამბავი ყოფილიყო.

„ეგრეც ვიცოდი,“ ჩაილაპარაკა კატამ და ისევ გაქრა.

ელისი ცოტა ხანს დაელოდა, იქნებ კიდევ დაბრუნდესო, მაგრამ, როცა დარწმუნდა, რომ კატა გამოჩენას აღარ აპირებდა, ადგა და იქით გასწია, საითაც მარტის კურდღლის სახლი ეგულებოდა. „მექუდეები ადრეც მინახავს,“ მსჯელობდა ხმამაღლა, „მარტის კურდღელი ბევრად უფრო საინტერესო ვინმე უნდა იყოს. თანაც ახლა მაისია და, იმედი მაქვს, დასაბმელი გიჟი მაინც აღარ იქნება. მარტის შემდეგ ალბათ ცოტათი მაინც ჭკუაზე მოვიდოდა.“ ეს რომ თქვა, ზემოთ აიხედა და კვლავ დაინახა ხის ტოტზე შემომჯდარი კატა.

„რა თქვი: ‚გოჭად‘ თუ ‚კოჭად‘?“ ჰკითხა კატამ.

„მე ვთქვი ‚გოჭად‘,“ მიუგო ელისმა, „თქვენ კი იქნებ თავი შეიკავოთ ასე უეცრად გაქრობა-გამოჩენისაგან, თორემ თავბრუ დამეხვა!“

„კეთილი,“ თქვა კატამ და ამჯერად მართლაც ძალიან ნელა გაქრა: დაიწყო კუდით და გაათავა ღიმილით, რომელიც კიდევ კარგა ხანს ეკიდა ჰაერში, მას მერე, რაც ყველაფერი გაუჩინარდა.

„ჰოო,“ ჩაილაპარაკა ელისმა, „ხშირად მინახავს უღიმილო კატა, მაგრამ უკატო ღიმილი?! ასეთი უცნაური რამ ცხოვრებაში არ შემხვედრია!“

ელისმა ცოტა კიდევ გაიარა და მარტის კურდღლის სახლიც გამოჩნდა. სწორედ ეგ უნდა იყოსო, იმიტომ დაასკვნა, რომ სახურავი კურდღლის ქურქით იყო გადახურული, საკვამურ მილებს კი ყურების ფორმა ჰქონდა. სახლი ისეთი დიდი იყო, რომ ელისმა ვერ გაბედა მიახლოება, სანამ ცოტაოდენი კიდევ არ მოაჭამა სოკოს, რომელიც მარცხენა ხელში ეჭირა, და ორი ფუტის სიმაღლე გახდა. თუმცა მხნეობა არც ამის მერე მომატებია. „ვაითუ, მართლაც დასაბმელი გიჟი აღმოჩნდეს,“ ამბობდა გულში, სანამ გაუბედავი ნაბიჯით უახლოვდებოდა სახლს, „ლამის ვინანო, რომ ჯერ მექუდე არ მოვინახულე.“

თავი VII

ჩაის სმა გიჟური

სახლის წინ, ხის ქვეშ სუფრა იყო გაშლილი. მაგიდასთან მარტის კურდღელი და მექუდე ისხდნენ და ჩაის მიირთმევდნენ. მათ შორის იჯდა ჩაძინებული ძილგუდა, რომელსაც მექუდე და კურდღელი მუთაქასავით იყენებდნენ: იდაყვებით დაყრდნობოდნენ და ისე საუბრობდნენ მის თავს ზემოთ. ,,საბრალო ძილგუდა,“ გაიფიქრა ელისმა, ,,ალბათ რა მოუხერხებლად უნდა გრძნობდეს თავს. მაგრამ, რაკი სძინავს, ეტყობა, მისთვის სულერთია.“

სუფრა საკმაოდ დიდი იყო, მაგრამ სამივენი რატომღაც ერთ კუთხეში შეყუჟულიყვნენ. ,,ადგილი აღარ არის! ადგილი აღარ არის!“ შესძახეს ერთხმად ელისის დანახვაზე. ,,ადგილის *მეტი* რა არის!“ აღშფოთებით წამოიძახა ელისმა და მაგიდის თავში დიდ სავარძელზე მოკალათდა.

,,ღვინო მიირთვი,“ თავაზიანი ღიმილით შესთავაზა მარტის კურდღელმა.

ელისმა სუფრას გადახედა, მაგრამ ზედ ჩაის გარდა ვერაფერი ნახა. ,,მე აქ ღვინოს ვერ ვხედავ,“ შენიშნა გაკვირვებით.

,,ვერ ხედავ და არც არის,“ მიუგო მარტის კურდღელმა.

,,მაშ, რატომ მთავაზობთ?“ გაბრაზდა ელისი, ,,ეგ რა ზრდილობაა!“

,,ის კი ზრდილობა იყო, დაუპატიჟებლად რომ მიუჯექი სუფრას?“ არ დაუთმო მარტის კურდღელმა.

„არ ვიცოდი, თუ ეს *თქვენი* მაგიდა იყო. სუფრა ხომ სამ კაცზე გაცილებით მეტისათვის არის გაშლილი.“

„თმა გაქვს შესაკრეჭი,“ ამოიღო ხმა მექუდემაც, რომელიც მანამდე ჩუმად იჯდა და დიდი ინტერესით აკვირდებოდა ელისს.

„შეეცადეთ, თავი შეიკავოთ პიროვნული შენიშვნებისაგან,“ მკაცრად უთხრა ელისმა, „ნუთუ არავის უსწავლებია თქვენთვის, რომ ეს უზრდელობაა!“

ამ სიტყვების გაგონებაზე მექუდემ თვალები დააჭყიტა, მაგრამ პასუხად *მხოლოდ* ეს თქვა: „რით ჰგავს ყორანი საწერ მაგიდას?“

„ოჰო, გამოცანების თქმაც დაიწყეს! ძალიან კარგი, გავერთობით,“ გაიფიქრა ელისმა და ხმამაღლა დააყოლა: „მგონი, შემიძლია მაგის გამოცნობა!“

„ალბათ გულისხმობ, რომ, შენი აზრით, შეგიძლია პასუხი გამოიცნო, ხომ?“ ჩაეკითხა მარტის კურდღელი.

„დიახ, სწორედ ეგრეა,“ მიუგო ელისმა.

„მაშინ ის უნდა თქვა, რასაც გულისხმობ,“ განაცხადა კურდღელმა.

„ვიტყვი კიდეც,“ სასწრაფოდ შეეპასუხა გოგო, „ყოველ შემთხვევაში — მე ვგულისხმობ იმას — რასაც ვამბობ. ეს ხომ ერთი და იგივეა.“

„ნურას უკაცრავად!“ მოუჭრა მექუდემ, „მაშინ შენ ისიც შეგიძლია თქვა, რომ ‚მე ვხედავ იმას, რასაც ვჭამ‘ იგივეა რაც ‚მე ვჭამ იმას, რასაც ვხედავ‘!“

„მაშინ შენ ისიც შეგიძლია თქვა, რომ ‚მე მომწონს ის, რაც მაქვს‘, იგივეა რაც ‚მე მაქვს ის, რაც მომწონს‘,“ დაამატა მარტის კურდღელმა.

„მაშინ შენ ისიც შეგიძლია თქვა,“ ჩაერია ძილგუდაც, რომელიც, ეტყობოდა, ძილში ლაპარაკობდა, „‚რომ მე ვსუნთქავ, როცა მძინავს‘, იგივეა რაც ‚მე მძინავს, ‚როცა ვსუნთქავ‘.“

„*შენთვის* კი ეგ მართლაც ერთი და იგივეა,“ უთხრა მექუდემ და საუბარი აქ შეწყდა. ერთი-ორი წუთის განმავლობაში ყველანი ჩუმად ისხდნენ, ელისი კი ცდილობდა გაეხსენებინა, რა იცოდა ყორნებისა და საწერი მაგიდების შესახებ, თუმცა ბევრი ვერაფერი გაიხსენა.

მექუდემ პირველმა დაარღვია სიჩუმე: „დღეს რა რიცხვია?“ მიმართა ელისს; ამასობაში ჯიბიდან საათი ამოეღო, შეშფოთებული სახით დასცქეროდა, წარამარა ანჯღრევდა და ყურთან მიჰქონდა.

„ოთხია,“ წამიერი დაფიქრების შემდეგ მიუგო გოგონამ.

„ორი დღით ჩამორჩება!“ ამოიოხრა მექუდემ და გაბრაზებით შეხედა მარტის კურდღელს: „ხომ გითხარი, ამის მექანიზმს კარაქი არ მოუხდება-მეთქი!“

„რა ვიცი, *საუკეთესო* კარაქი კი იყო,“ სცადა კურდღელმა თავის გამართლება.

„ჰო, მაგრამ, როგორც ჩანს, ნამცეცებიც შეჰყვა,“ ჩაიბუზღუნა მექუდემ, „პურის დანით მაინც არ უნდა წაგესვა!“

მარტის კურდღელმა საათი გამოართვა და დაღვრემილი სახით დახედა, მერე თავის ჩაიან ფინჯანში ამოაწო და ისევ დახედა. უკეთესი სათქმელი რომ ვერ მოიფიქრა, იგივე გაიმეორა: „რა ვიცი, *საუკეთესო* კარაქი კი იყო.“

ელისი ცნობისმოყვარეობით შეჰყურებდა მათ. „რა სასაცილო საათია,“ შენიშნა, „თვის რიცხვებს აღნიშნავს, იმას კი არ გეუბნება, რომელი საათია!“

„მერედა, რა არის აქ სასაცილო,“ ჩაიბურტყუნა მექუდემ, „განა *შენი* საათი კი წლებს აღნიშნავს?“

„რა თქმა უნდა, არა,“ ხალისიანად მიუგო ელისმა, „წელიწადი ხომ ისე დიდხანს გრძელდება.“

„აი, *ჩემთანაც* ზუსტად იგივე ამბავია,“ თქვა მექუდემ.

ელისი სახტად დარჩა: მექუდეს სიტყვებში აზრის ნატამალსაც ვერ მიაგნო, თუმცა კი სავსებით ალამიანური ენით იყო ნათქვამი. „არ მესმის, რას გულისხმობთ,“ უთხრა, რაც შეეძლო თავაზიანად.

„ძილგუდას კი ისევ სძინავს," ჩაილაპარაკა მექუდემ და ცხვირზე ცოტაოდენი ცხელი ჩაი დაასხა.

ძილგუდამ უკმაყოფილოდ გაიქნია თავი და წაიდუდუნა ისე, რომ თვალები არც კი გაუხელია: „დიახ, დიახ! მეც სწორედ ეგ უნდა მეთქვა."

„აბა, მიხვდი თუ არა გამოცანის პასუხს?" კვლავ მიუბრუნდა მექუდე ელისს.

„ვერა, გნებდებით," უპასუხა ელისმა, „მაინც რა პასუხია?"

„აზრზე არა ვარ," მხრები აიჩეჩა მექუდემ.

„არც მე," დაამატა კურდღელმაც.

ელისმა მძიმედ ამოიოხრა. „მე მგონი, შეგეძლოთ ბევრად უკეთესი გასართობი მოგეფიქრებინათ. თქვენ კი რაში ატარებთ დროს ისეთ გამოცანებს იგონებთ, პასუხი რომ არ მოეპოვება."

„შენ რომ ჩემსავით კარგად იცნობდე დროს," უთხრა მექუდემ, „ამას არ იტყოდი. დროს ვერ *გაატარებ*, არ *წამოგყვება*."

„არ მესმის, რის თქმა გსურთ," თქვა ელისმა.

„რა თქმა უნდა, არ გესმის," ზიზღით გაიქნია თავი მექუდემ, „შენ არათუ არ გაგიტარებია, ალბათ არც პირადად დალაპარაკებიხარ მას."

„შესაძლოა მართლაც არ დავლაპარაკებივარ," თავშეკავებით მიუგო ელისმა, „მაგრამ ბევრჯერ გამიტარებია დრო კარგად, მაგალითად, ჩემს დაბადების დღეზე. თუმცა ზოგჯერ ისეც ხდება ხოლმე, რომ ვზივარ და არ ვიცი, დრო როგორ მოვკლა."

„აა, ხედავ, რა ყოფილა!" წამოიძახა მექუდემ, „ქალბატონს დროის მოკვლა სდომებია! ცხადია, ეს ამბავი დროს არ მოეწონებოდა. აი, შენ რომ ალერსიანად მოჰპყრობოდი მას, ისიც ყველა სურვილს აგისრულებდა. მაგალითად, წარმოვიდგინოთ, რომ ახლა დილის ცხრა საათია, სკოლაში გაკვეთილები იწყება. საკმარისი იქნებოდა, ერთი სიტყვა გადაგეკრა დროისათვის და საათის ისარიც თვალის დახამხამებაში წინ გავარდებოდა! და, აჰა, ბატონო, უკვე ორის ნახევარია, სადილობის დრო!

(„ეჰ, ნეტავი ეგრე ყოფილიყო!" ჩაიჩურჩულა მარტის კურდღელმა.)

„ეს მართლაც შესანიშნავი რამ იქნებოდა," ჩაფიქრებით თქვა ელისმა, „თუმცა, მაშინ, მგონი, მოშივებას ვერ მოვასწრებდი."

„თავიდან ალბათ ასეც მოხდებოდა," დაეთანხმა მექუდე, „მაგრამ შენც ადგებოდი და იმდენ ხანს გააჩერებდი ისარს ორის ნახევარზე, რამდენსაც მოისურვებდი"

„*თქვენც* სწორედ ასე იქცევით, ხომ?" ჰკითხა ელისმა.

მექუდემ მწუხარედ გაიქნია თავი. „მე უკვე ვეღარ!“ ამოიოხრა მან, „შარშან მარტში ჩხუბი მოგვივიდა: ცოტა ხნით ადრე, სანამ *ეგ* გაგიჟდებოდა — (ჩაის კოვზი კურდღლისკენ გაიშვირა) — გულის დედოფალმა დიდი კონცერტი გამართა. უნდა მემღერა:—

‚იციმ-ციმე-ციმციმე, პაწაწინა ღამურა,
შენი ცქერა მახარებს, დაფრინავ საამურად!‘

ალბათ გსმენია ეს სიმღერა?“

„გამიგონია რაღაც მაგის მსგავსი,“ მიუგო ელისმა.

„მერე ასე გრძელდება,“ თქვა მექუდემ, ხომ გახსოვს:—

‚დანავარდობ ღრუბლებში, როგორც ჩაის ლანგარი,
შენისთანა მფრინავი ქვეყნად ბევრი არ არი!
იციმ-ციმე-ციმციმე —‘“

აქ ძილგუდა შეკრთა და ძილში ამღერდა: „*იციმ-ციმე-ციმციმე, იციმ-ციმე-ციმციმე* —“ აღარ გაათავა მანამ, სანამ მექუდემ და კურდღელმა მაგრად არ უჩქმიტეს.

„ჰოდა, შუა სიმღერაში ვიყავი, ჯერ პირველი კუპლეტის დამთავრებაც ვერ მოვასწარი,“ თქვა მექუდემ, „რომ უცებ დედოფალი წამოხტა და იკივლა: ‚დროს კლავს, დროს კლავს, გააგდებინეთ მაგას თავი!‘“

„რა სიმხეცეა!“ აღშფოთდა ელისი.

„და მას მერე," სევდიანად განაგრძო მექუდემ, „დრო ყველა თხოვნაზე უარს მეუბნება. ახლა აქ სულ მუდამ საღამოს ექვსი საათია."

ელისს უცბად გონება გაუნათდა: „და სუფრაზე ამდენი ჩაის ჭურჭელი სწორედ მაგიტომ დევს, ხომ?"

„დიახ," მწარედ ამოიოხრა მექუდემ, „აქ ჩვენთვის განუწყვეტლივ ჩაის სმის დროა და ჭურჭლის გარეცხვასაც კი ვერ ვასწრებთ."

„ამიტომაც, უბრალოდ ადგილებს იცვლით ხოლმე?"

„სწორედ მაგრეა," კვერი დაუკრა მექუდემ, „ერთ ფინჯანს რომ მოვრჩებით, მეორესთან გადავსხდებით და ასე შემდეგ."

„მაგრამ სუფრას რომ ირგვლივ შემოუვლით, მერე რაღას შვრებით?" გათამამდა ელისი.

„იქნებ ახლა სხვა თემაზე გვესაუბრა?" დაამთქნარა კურდღელმა, „მომბეზრდა ეს ლაპარაკი. წინადადება შემომაქვს, ამ ნორჩმა ქალბატონმა ზღაპარი გვიამბოს."

„მაგრამ არც ერთი რომ არ მაგონდება?!" სასწრაფოდ იუარა ამ წინადადებით შეშფოთებულმა ელისმა.

„მაშინ ძილგუდა მოგვიყვება!" ერთხმად შესძახეს კურდღელმა და მექუდემ. „ეი, ძილგუდა, გაიღვიძე!" და კვლავ უჩქმიტეს ორივე გვერდში.

ძილგუდამ ნელ-ნელა გაახილა თვალები. „ბიჭებო, მე არ მეძინა," ხრინწიანი, მისუსტებული ხმით ჩაილაპარაკა მან, „თქვენი ერთი სიტყვაც კი არ გამომპარვია."

„ზღაპარი გვიამბე!" უბრძანა მარტის კურდღელმა.

„დიახ, ძალიან გთხოვთ, გვიამბეთ!" შეეხვეწა ელისიც.

„და დაუჩქარე," დაამატა მექუდემ, „თორემ ისევ ჩაგეძინება და ვეღარ დაამთავრებ."

„იყო და არა იყო რა, იყო სამი და," მონდომებით დაიწყო ძილგუდამ, „სახელად ერქვათ ელსი, ლეისი და ტილლი. ისინი ჭის ფსკერზე ცხოვრობდნენ."

„მერე იქ რით საზრდოობდნენ?" ჰკითხა ელისმა, რომელსაც ძალიან აინტერესებდა ყველაფერი, რაც ჭამა-სმას შეეხებოდა.

ძილგუდა ერთი-ორი წუთით ჩაფიქრდა და შემდეგ მიუგო: „ფელამუშით."

„აბა, ეგ როგორ იქნებოდა," ფრთხილად შეეპასუხა გოგო, „მაშინ ხომ ავად გახდებოდნენ."

„გახდნენ კიდეც," თქვა ძილგუდამ, „*ძალიან* ავად."

ელისმა სცადა, ერთი წუთით წარმოედგინა, როგორი იქნებოდა ცხოვრება, ფელამუშის გარდა სხვა საჭმელი რომ არ

არსებობდეს, მაგრამ გაუჭირდა. ამიტომ მხოლოდ ეს იკითხა: „ჭის ფსკერზე რატომღა ცხოვრობდნენ?“

„ჩაის დამატებას ხომ არ ინებებ?“ დიდის ამბით შესთავაზა მარტის კურდღელმა.

„ჯერ არაფერი მისხია ფინჯანში,“ განაწყენებული ხმით მიუგო ელისმა, „და ნეტა რას უნდა დავუმატო?“

„მე თუ მკითხავ, ძნელი საქმეა, არაფერს რაიმე *მოაკლო*,“ ჩაურთო მექუდემ, „თორემ *დამატებას* წინ რა დაუდგება?!“

„თქვენ არავინ გეკითხებათ,“ მოუჭრა ელისმა.

„აბა, ახლა ვინ იძლევა პიროვნულ შენიშვნებს?“ ნიშნის მოგებით შემოუბრუნა მექუდემ.

ელისმა ვერ მოიფიქრა საკადრისი პასუხი. ჰოდა, დაისხა ფინჯანში ჩაი, აიღო კარაქიანი პური და ისევ ძილგუდას მიუტრიალდა: „ჭის ფსკერზე რატომღა ცხოვრობდნენ?“ გაუმეორა შეკითხვა.

ძილგუდა ისევ ერთი-ორი წუთით ჩაფიქრდა, სანამ პასუხს აღირსებდა: „ეს ფელამუშის ჭა იყო, ამოთქვა ბოლოს.“

„ასეთი რამ არ არსებობს!“ გაცხარებით წამოიწყო ელისმა, მაგრამ მექუდემ და მარტის კურდღელმა იმავე წამს მიაძახეს, სუ, სუო, ძილგუდა კი მოიღუშა და განაცხადა: „თუ წესიერად მოქცევა არ შეგიძლია, შენ თვითონ დაამთავრე ეს ამბავი.“

„არა, ძალიან გთხოვთ, განაგრძეთ!“ შეეხვეწა ელისი, „მეტს აღარ გაგაწყვეტინებთ. შესაძლოა *ერთი* მაგისთანა ჭა მართლაც იყოს სადმე.“

„ერთიო!“ აღშფოთებით წამოიძახა ძილგუდამ, მაგრამ მაინც დათანხმდა, გაეგრძელებინა თხრობა: „ჰოდა, ეს სამი და — ერთი სიტყვით, ისინი ხაპვას სწავლობდნენ.“

„*ხატვას?*“ კვლავ გააწყვეტინა სიტყვა ელისმა, რომელსაც ერთბაშად გადაავიწყდა თავისი დანაპირები, მერედა, რას ხატავდნენ?

„რას *ხაპავდნენ* და ფელამუშს,“ ამჯერად დაუფიქრებლად მიუგო ძილგუდამ.

„სუფთა ფინჯანი მჭირდება,“ ჩაერია მექუდე, „მოდით, ყველამ თითო ადგილით გადავინაცვლოთ.“

თან ამ ლაპარაკში თავისუფალ ადგილზე გადაჯდა. მას ძილგუდაც მიჰყვა. მარტის კურდღელმა ძილგუდას ადგილი დაიკავა. ელისი კი, სულ რომ არ უნდოდა, მარტის კურდღლის ადგილზე აღმოჩნდა. ამ გადანაცვლებით მხოლოდ მექუდემ იხეირა; ელისი კი ყველაზე მეტად დაზარალდა, ვინაიდან კურდღელს წუთის

წინ სარძევე გადმოეპირქვავებინა და მთელი რძე ლამბაქზე დაეღვარა.

ელისს აღარ უნდოდა ძილგუდას ხელახლა წყენინება, ამიტომ ძალიან ფრთხილად წამოიწყო:„რა გზით ჩადიოდნენ იმ ჭაში?“

„კი არ ჩადიოდნენ, *შედიოდნენ*,“ თქვა მექუდემ, შენ რა გზით შედიხარ ეზოში?

„ჩვენი სახლის ეზოს დიდი ჭიშკარი აქვს,“ უპასუხა ელისმა.

„ჰოდა, იმათ ჭასაც დიდი *ჭისკარი* ჰქონდა,“ აუხსნა მექუდემ, „სულელო!“

ელისმა ამჯობინა, არ შეემჩნია ეს ბოლო შენიშვნა და გაჩუმდა.

ძილგუდამ კი თხრობა განაგრძო: „ერთი სიტყვით, ისინი ხატვას სწავლობდნენ,“ თქვა მთქნარებითა და თვალების ფშვნეტით. როგორც ჩანს, *ძალიან* ეძინებოდა („მაინც ვერ გავიგე, *ხატვას* თუ *ხაპვას*,“ გაიფიქრა ელისმა), და ხატავდნენ ყველაფერს, რაც ასო მ-თი იწყება.

„რატომ მაინცდამაინც მ-თი? გაუკვირდა ელისს.

„რატომაც არა?“ თავის მხრივ გაიკვირვა მარტის კურდღელმა.

ელისი გაჩუმდა.

ამასობაში ძილგუდამ თვალები მილულა და ჩათვლიმა. მაგრამ მექუდემ რომ უჩქმიტა, ერთი შესჭყივლა და ისევ გამოიღვიძა. „— რაც ასო მ-თი იწყება,“ განაგრძო მან, „მაგალითად, მაკრატელს, მთვარეს, მახსოვრობასა და მეტიჩრობას. თუ გაგიგონია, ვინმეს მეტიჩრობა დაეხატოს?“

„მე მეკითხებით?“ დაიბნა ელისი, „რა გითხრათ — არ ვიცი —“

„მაშინ ენას არ უნდა ატლიკინებდე,“ მიახალა მექუდემ.

ასეთი შეურაცხყოფის ატანა ელისს უკვე აღარ შეეძლო, ადგა აღშფოთებული და წამოვიდა. ძილგუდა იმწამსვე ღრმა ძილს მიეცა; დანარჩენმა ორმაც არაფრად ჩააგდო ელისის წასვლა, თუმცა გოგო გულის სიღრმეში მაინც იმედოვნებდა, რომ დაუძახებდნენ, და ერთი-ორჯერ მოიხედა კიდეც. უკანასკნელად დაინახა, რომ მექუდე და მარტის კურდღელი ცდილობდნენ, ძილგუდა ჩაიდანში ჩაეტენათ.

„რაც უნდა მოხდეს, *აქაურობას* აღარ გავეკარები,“ ჩაილაპარაკა ელისმა, „ჩემს დღეში არ მინახავს ამისთანა ბრიყვული ჩაის სუფრა!“

ეს რომ თქვა, ერთ-ერთ ხეში დატანებულ კარს მოჰკრა თვალი. „რა უცნაურია!“ თქვა თავისთვის, „თუმცა დღეს ხომ ყველაფერი ასე უცნაურია. მოდი, ერთი, ვნახო, შიგნით რა ხდება!“ და შევიდა კიდეც.

ელისი კიდევ ერთხელ აღმოჩნდა გრძელ დარბაზში შუშის პატარა მაგიდასთან. ამჯერად კი აღარაფერი შემეშლებაო, გაივლო გულში და დაიწყო იმით, რომ მაგიდიდან პატარა გასაღები აიღო და ბაღში გამავალი კარი გააღო, მერე ჯიბიდან სოკოს ნატეხები ამოაძვრინა და იმდენი მოაჭამა, რამდენიც საჭირო იყო ერთი ფუტის სიმაღლე რომ გამხდარიყო. შემდეგ გოგონამ პატარა დერეფანში გაიარა და, *ბოლოს და ბოლოს*, ამოყო თავი ულამაზეს ბაღში ფერადოვან ყვავილებსა და გრილ შადრევნებს შორის.

თავი VIII

კროკეტის თამაში დედოფალთან

ბაღის შესასვლელთან ვარდის დიდი ბუჩქი იდგა. მას თეთრი ვარდები ესხა, მაგრამ ფუნჯმომარჯვებული სამი მებაღე აქეთ-იქიდან მისდგომოდა და დიდი გულმოდგინებით წითლად ღებავდა ყვავილებს. ელისი ძალიან გააკვირვა ამ სანახაობამ, შორიახლოს გაჩერდა და თვალთვალი დაუწყო. მერე ყური მოჰკრა, ერთმა მებაღემ მეორეს რომ გადაულაპარაკა: „ცოტა ფრთხილად, ხუთიანო! ნუ გამწუწე მაგ საღებავით!“

„ჩემი ბრალი არ არის,“ ნაწყენი ხმით გამოეპასუხა ხუთიანი, „შვიდიანმა წამკრა იდაყვში.“

ამის გაგონებაზე შვიდიანმა მოიხედა და თქვა: „ყოჩაღ, ხუთიანო, ასე უნდა, ყოველთვის სხვას გადააბრალე ხოლმე!“

„*შენ* ის გირჩევნია, ენას კბილი დააჭირო!“ გასძახა ხუთიანმა, „ჩემი ყურით გავიგონე, გუშინ დედოფალმა შენზე რომ თქვა, ეგ ღირსია, თავი წავაგდებინოო.“

„რისთვის?“ იკითხა პირველმა მებაღემ.

„*შენი* საქმე არ არის, ორიანო!“ უთხრა შვიდიანმა.

„დიახაც რომ მისი საქმეა!“ შეეპასუხა ხუთიანი, „და მე ვეტყვი კიდეც, რისთვის. იმისთვის, ჩემო ბატონო, რომ მზარეულს ხახვის მაგივრად ტიტას ბოლქვები მიუტანა.“

შვიდიანმა ფუნჯი მოისროლა. „იცით, რას გეტყვით, ეს ისეთი უსამართლობაა, რომ...“ დაიწყო მან, მაგრამ უცებ ენაზე იკბინა, რადგან შემთხვევით დაინახა ელისი, რომელიც შორიახლოს იდგა და თვალყურს ადევნებდა მათ. დანარჩენებმაც მოიხედეს და სამივემ მდაბლად დაუკრა გოგონას თავი.

„ბოდიში,“ მორიდებით მიმართა ელისმა, „ხომ ვერ მეტყვით, რატომ ღებავთ წითლად ამ ვარდებს?“

ხუთიანმა და შვიდიანმა დუმილი ამჯობინეს და ორიანს გადახედეს. ორიანმა კი ხმადაბლა წამოიწყო: „იცით რა, მის, საქმე ის გახლავთ, რომ აქ *წითელი* ვარდის ბუჩქი უნდა დაგვერგო, ჩვენ კი შეცდომით თეთრი დავრგეთ. ეს რომ დედოფალმა შეიტყოს, ყველას თავებს დაგვაყრევინებს. ასე რომ, ჩვენ ახლა, რაც შეგვიძლია ვცდილობთ, მის მოსვლამდე, როგორმე —“ ამ დროს ხუთიანმა, რომელიც შეშფოთებული იყურებოდა ბაღის სიღრმეში, დაიძახა: „დედოფალი! დედოფალი!“ და იმავე წამს სამივე მებაღე მიწაზე განერთხო. მოისმა ნაბიჯების ხმა. ელისმა იქით მიაბრუნა თავი: ძალიან უნდოდა დედოფლის დანახვა.

წინ ათი ჯარისკაცი მოდიოდა. შესახედავად ძალიან ჰგავდნენ მებაღეებს მათსავით მართკუთხა და ბრტყელი მოყვანილობისა იყვნენ, ხელ-ფეხი კი კუთხეებთან ჰქონდათ გამობმული. თითოეულს მხარზე ყვავი ეჯდა. მათ მოსდევდა ათი კარისკაცი, რომელთა სამოსი ჯვრებით იყო შემკული. ისინიც ჯარისკაცებივით მწკრივში ორ-ორად დაწყობილნი მოაბიჯებდნენ. მათ უკან მოჰყვებოდნენ უფლისწულები ათი მხიარული პატარა ბავშვი, რომელთა ტანსაცმელზე პაწაწინა გულები იყო ამოქარგული, ჯიბეები კი თხილით ჰქონდათ გამოტენილი; ხელიხელჩაკიდებულნი წყვილ-წყვილად მოხტოდნენ და გემრიელად მიირთმევდნენ ნაზუქებს. შემდეგ მობრძანდებოდნენ სტუმრები, მეტწილად მეფეები და დედოფლები. მათ შორის თეთრი კურდღელიც იყო. იგი ნერვულად და სხაპასხუპით ისროდა სიტყვებს, თვალებს აქეთ-იქით აცეცებდა და ყველას ნათქვამზე იკრიჭებოდა; მაგრამ ელისს ისე ჩაუარა გვერდით, არც კი შეუნიშნავს. შემდეგ გამოჩნდა გულის ვალეტი, რომელსაც სისხლისფერი ხავერდის ბალიშზე დასვენებული მეფის გვირგვინი მოჰქონდა; ამ დიდებული პროცესიის ბოლოში მობრძანდებოდნენ თავად ᲒᲣᲚᲘᲡ ᲛᲔᲤᲔ და ᲓᲔᲓᲝᲤᲐᲚᲘ.

ელისი ერთი პირობა შეყოყმანდა, მეც ამ მებაღეებივით მიწას ხომ არ უნდა გავეკრაო, მაგრამ ვერ გაიხსენა, არსებობდა თუ არა ასეთი წესი საზეიმო მსვლელობებისას. „საერთოდაც რა აზრი აქვს საზეიმო მსვლელობების გამართვას, თუკი მთელი ხალხი პირქვე დაემხობა და ვერაფერს დაინახავს," გაიფიქრა მან. ამიტომ ადგილიდან ფეხი არ მოუცვლია და დაელოდა, აბა, რა მოხდებაო.

როდესაც პროცესია ელისს გაუსწორდა, ყველა გაჩერდა და მას მიაშტერდა. დედოფალმა კი წარბები შეკრა და მკაცრად იკითხა: „ვინ არის ეს?" დედოფალი ვალეტს მიმართავდა, იმან კი პასუხად მხოლოდ გაუღიმა და თავი დაუკრა.

„ყეყეჩი!" თქვა დედოფალმა და მოუთმენლად გაიქნია თავი; მერე ელისს მიუბრუნდა: „რა გქვია, ბალღო?"

„თქვენის ნებართვით, ელისი მქვია, თქვენო უდიდებულესობავ," თავაზიანად მიუგო ელისმა. თავისთვის კი იფიქრა: „ნეტავი რამ შემაშინა? ესენი ხომ მხოლოდ სათამაშო კარტის დასტაა და მეტი არაფერი?"

„*ეგენი* ვიღა არიან?" იკითხა დედოფალმა და ხელი გაიშვირა სამი მებაღისაკენ, რომლებიც ვარდის ბუჩქის გარშემო ეყარნენ. მიწაზე პირქვე იყვნენ გართხმულნი, ზურგი კი, მოგეხსენებათ, მთელ დასტას სრულიად ერთნაირი ჰქონდა, ამიტომ დედო-

ფალი ვერ მიხვდებოდა, ვინ იყვნენ ისინი: მებაღეები, ჯარისკაცები, კარისკაცები თუ თავისი საკუთარი შვილები.

„აბა, მე საიდან უნდა ვიცოდე?!“ არხეინად მიუგო ელისმა და საკუთარი სითამამე გაუკვირდა. „რა *ჩემი* საქმეა!“

დედოფალი სიბრაზისაგან გაჭარხლდა, მხეცივით გადაუბრიალა ელისს თვალები და საშინელი ყვირილი მორთო: „გააგდებინეთ მაგას თავი! გააგდე —“

„რა სისულელეა!“ თქვა ელისმა ხმამაღლა და ძალიან მტკიცედ. დედოფალი დადუმდა.

მეფემ კი მხარზე დაადო ცოლს ხელი და კრძალვით უთხრა, „დაფიქრდი, ჩემო ძვირფასო, ეგ ხომ ჯერ მხოლოდ ბავშვია!“

დედოფალმა გაჯავრებით შეაქცია მეფეს ზურგი და ვალეტს უბრძანა, „აბა, ერთი, გულაღმა გადააბრუნე ეგენი!“

ვალეტმა ძალიან ფრთხილად, ცალი ფეხის წვერით გადააბრუნა მებაღეები.

„ადექით!“ დასჭექა დედოფალმა. სამივენი თვალის დახამხამებაში ფეხზე წამოიჭრნენ და მოჰყვნენ თავის დაკვრას მეფის, დედოფლის, უფლისწულებისა და დანარჩენების წინაშე.

„ახლავე შეწყვიტეთ!“ უყვირა დედოფალმა, „თქვენ რომ გიყურებთ, თავბრუ მეხვევა.“ მერე ვარდის ბუჩქს შეაცივა თვალები და მკაცრად იკითხა, „*რას* აკეთებდით აქ?“

„თქვენი უდიდებულესობის ნებართვით,“ გაუბედავად წამოიწყო ორიანმა და ცალ მუხლზე დაიჩოქა, ჩვენ — ჩვენ ვცდილობდით —“

„*გასაგებია*,“ თქვა დედოფალმა, რომელმაც ამასობაში გულდასმით დაათვალიერა ვარდები, „წააცალეთ ამათ თავები!“ და პროცესიამ სვლა განაგრძო. დარჩა მხოლოდ სამი ჯარისკაცი, რომლებსაც სიკვდილით უნდა დაესაჯათ ბედშავი მებაღეები. ისინი კი ელისს შემოეხვივნენ, გვიშველეო.

„ნუ გეშინიათ, თქვენს თავებს ვერავინ შეეხება,“ უთხრა ელისმა და იქვე მდგარ დიდ საყვავილე ქოთანში ჩატენა ისინი. ჯარისკაცებმა ერთ-ორ წუთს იყიალეს ახლომახლო, მაგრამ მებაღეების კვალს რომ ვერსად მიაგნეს, მშვიდად აედევნენ დანარჩენებს.

„რა ქენით, დააყრევინეთ თავები?“ გასძახა დედოფალმა.

„გაქრა მათი თავები, თქვენო უდიდებულესობავ!“ ერთხმად შეჰყვირეს ჯარისკაცებმა.

„ძალიან კარგი!“ იღრიალა დედოფალმა, „ვითამაშოთ კროკეტი?“

ჯარისკაცებმა უსიტყვოდ გადახედეს ელისს. როგორც ჩანს, კითხვა მას ეხებოდა.

„დიახ!“ შესძახა ელისმაც.

„მაშ, მომყევი!“ დაიყვირა დედოფალმა და ელისიც შეუერთდა მსვლელობას. ძალიან აინტერესებდა, შემდეგ რა მოხდებოდა.

„რა — რა მშვენიერი ამინდია დღეს,“ გაუბედავად ჩაილაპარაკა ვიღაცამ. ელისმა მოიხედა და თეთრი კურდღელი დაინახა, რომელიც გვერდით მოსდევდა და შეშფოთებით აცეცებდა თვალებს.

„მართლაც მშვენიერი დღეა!“ დაეთანხმა ელისი, „სად არის დუკასქალი?“

„სუ, სუ!“ აღელდა კურდღელი და თითი ტუჩთან მიიტანა; მერე დამფრთხალი სახით მიიხედ-მოიხედა, ფეხის წვერებზე აიწია და ყურში ჩასჩურჩულა, „დედოფალმა სიკვდილი მიუსაჯა.“

„რა დააშავა?“ დაინტერესდა ელისი.

„რა თქვი, ,რა დასანანიაო!'?“ ჰკითხა კურდღელმა.

„არა, ეგ არ მითქვამს,“ მიუგო ელისმა, „სულაც არ მენანება. მე მხოლოდ ვიკითხე, რა დააშავა — მეთქი.“

„დედოფალს სილა სტკიცა —“ დაიწყო კურდღელმა. ელისს სიცილი წასკდა. „ოჰ, ჩუმად, ჩუმად!“ აჩურჩულდა შეშინებული კურდღელი, „დედოფალმა არ გაიგონოს. ჰოდა, იმ საღამოს დუკასქალს შეაგვიანდა და დედოფალმა უთხრა —“

„დაიკავეთ თქვენ-თქვენი ადგილები!“ მეხივით დაიგრგვინა ამ დროს დედოფალმა.

ამის გაგონებაზე ხალხი შეფუცხუნდა. ატყდა ერთი ფუსფუსი და ალიაქოთი: ზოგი სად გარბოდა და ზოგი სად. საცოდავი სტუმრები ერთმანეთს ეჯახებოდნენ, ძირს ენარცხებოდნენ და ისევ დგებოდნენ. თუმცა ერთ-ორ წუთში მაინც დალაგდნენ და თამაშიც დაიწყო.

ელისმა გაიფიქრა, რომ თავის დღეში არ ენახა ასეთი უცნაური საკროკეტო მოედანი — სულ ერთიანად დაღარული და მიწის გოროხებით დაფარული. ბურთების მაგივრობას ზღარბები სწევდნენ, ჩოგნებისას — ცოცხალი ფლამინგოები, კარებისას კი — ორად მოკეცილი ჯარისკაცები, რომლებიც უკან გადაზნექილიყვნენ და ხელ-ფეხს დაყრდნობილნი იდგნენ.

თავდაპირველად ელისმა ვერაფრით ვერ მოათვინიერა თავისი ფლამინგო. ბოლოს, როგორც იქნა, საკმაოდ მოხერხებულად ამოიჩარა იღლიაში ფრინველის სხეული, ისე, რომ ფლამინგოს ფეხები ჰაერში ეკიდა; მერე კისერი ლამაზად გაუსწორა და მოემზადა, მისი თავი ზღარბისთვის გაეკრა. მაგრამ სწორედ ამ დროს ფლამინგომ კისერი მოაბრუნა და *ისეთი* განცვიფრებით შეხედა თვალებში, რომ ელისმა თავი ვერ შეიკავა და სიცილი აუტყდა. მერეც, რაწამს თავს ისევ დააწევინებდა და დასარტყმელად მოიქნევდა, თავისდა გულის გასახეთქად აღმოაჩენდა, რომ ზღარბი გადაგორებულიყო, გამართულიყო და მიიპარებოდა. კარების მაგივრად დაყენებული ჯარისკაცები წარამარა ფეხზე დგებოდნენ და თავიანთ ნებაზე დასეირნობდნენ მთელ მოედანზე. ამიტომ ელისმა მალე დაასკვნა, ეს მართლაც ძალიან რთული თამაში ყოფილაო.

მოთამაშეთაგან არავინ უცდიდა თავის რიგს; მაშინ იწყებდნენ თამაშს, როცა კი მოესურვებოდათ, გაუთავებლად

კამათობდნენ და ჩხუბობდნენ ზღარბების გამო. დედოფალი კი ამასობაში ისე გამძვინვარდა, რომ ბრაგაბრუგით დაქროდა აქეთ-იქით და წამდაუწუმ გაჰკიოდა, „გააგდებინეთ ამას თავი! წააცალეთ იმას თავი!“

ელისი, ცოტა არ იყოს, შეშინდა კიდეც. მართალია, დედოფალთან შეკამათება ჯერ არ მოსვლოდა, მაგრამ ეს ყოველ წამს შეიძლებოდა მომხდარიყო. „რაღა მეშველება მაშინ?“ ფიქრობდა გოგო, „აქ ისე უყვართ ხალხისთვის თავის დაყრევინება, რომ ძალიან მიკვირს, ზოგ-ზოგებს აქამდე როგორ შერჩათ მხრებზე!“

ელისმა მიიხედ-მოიხედა იმის ფიქრში, აქედან ისე როგორ გავიპარო, რომ ვერავინ შემამჩნიოსო, და უცებ თავზემოთ უცნაურ რაღაცას მოჰკრა თვალი. თავდაპირველად დიდ საგონებელში ჩავარდა, ნეტა რა უნდა იყოსო, მაგრამ კარგად რომ დაუკვირდა, მიხვდა, რომ ჰაერში ღიმილი იყო გამოკიდებული. „ეს ხომ ჩეშირული კატაა!“ წამოიძახა, „ახლა ხმის გამცემი მაინც მეყოლება.“

„აბა, რა ამბებია?“ ჰკითხა კატამ, როგორც კი იმდენად გამოუჩნდა პირი, რომ ლაპარაკის უნარი მიეცა.

ელისი დაელოდა, სანამ თვალებიც გამოუჩნდებოდა, და თავი დაუკრა. „ლაპარაკს აზრი არა აქვს,“ გაივლო გულში, „სანამ ყურებიც არ გამოუჩნდება, ან ცალი ყური მაინც.“ წუთის შემდეგ ჰაერში უკვე მთელი თავი ეკიდა. ელისმა ძირს დასვა თავისი ფლამინგო და დაიწყო თამაშის ამბის მოყოლა, გახარებულმა იმით, რომ მსმენელი იპოვა. კატამ, როგორც ჩანს, იფიქრა, რაც გამოვაჩინე, ისიც საკმარისიაო და ამით დაკმაყოფილდა.

„მე მგონი, პატიოსნად არავინ თამაშობს,“ შესჩივლა ელისმა, „იმისთანა ჩხუბი და ყაყანი აქვთ ატეხილი, რომ საკუთარი ხმის გაგონებაც კი შეუძლებელია. ეტყობა, არც თამაშის წესები აქვთ. რომც ჰქონდეთ, მაინც არავინ იცავს. თქვენ ვერც კი წარმოიდგენთ, რა ძნელია, როცა ყველაფერი, რასაც ხელს მოჰკიდებ, ცოცხალია. მაგალითად, კარში უნდა დავარტყა, ის კი მოედნის ბოლოს დასეირნობს. დედოფლის ზღარბსაც გავკრავდი, მაგრამ გამექცა, როგორც კი ჩემი ზღარბი დაინახა.“

„დედოფალი როგორ მოგწონს?“ ჰკითხა კატამ ხმადაბლა.

„სულაც არ მომწონს. ის ისეთი საშინელი —“ ამ დროს ელისმა შენიშნა, რომ დედოფალი მის ზურგს უკან ატუზულიყო და ყურს უგდებდა. „— ძალის მოთამაშეა,“ სასწრაფოდ გამოასწორა ელისმა, „რომ ვფიქრობ და ვერ გადამიწყვეტია, ხომ არ დავნებდე-მეთქი.“

დედოფალმა გაიღიმა და გზა გააგრძელა.

„მანდ *ვის* ელაპარაკები?“ ჰკითხა მეფემ, რომელიც ელისს მიუახლოვდა და უდიდესი ინტერესით მიაცქერდა კატის თავს.

„ჩემი მეგობარი გახლავთ,“ უპასუხა ელისმა, „ნება მიბოძეთ, წარმოგიდგინოთ ჩეშირული კატა.“

„სულ არ მომწონს მაგის იერი,“ ტუჩი აიბზუა მეფემ, „მაგრამ შეუძლია ხელზე მემთხვიოს, თუკი სურს.“

„მაინცდამაინც არ ვგიჟდები,“ განაცხადა კატამ.

„ნუ მეთავხედები,“ უთხრა მეფემ, „და ასე ნუ მიყურებ!“ თან ელისის ზურგს ამოეფარა.

„კატაც შეხედავს მეფესაო, ხომ გაგიგონიათ?“ შენიშნა ელისმა (ამ გამოთქმას რომელიღაც წიგნში წააწყდა ცოტა ხნის წინათ, თუმცა ვერ გაიხსენა, რომელში).

„არა, მე ამ კატას აქ ვერ ავიტან,“ დაბეჯითებით თქვა მეფემ და გასძახა დედოფალს, რომელმაც ის-ის იყო, გვერდით ჩაუარა: „ჩემო ძვირფასო, მომაშორე ეს კატა!“

დედოფალს ყველაფერზე ერთი პასუხი ჰქონდა. „გააგდებინეთ მაგას თავი!“ ბრძანა ისე, რომ არც კი მოუხედავს.

„მე თვითონ მოვიყვან ჯალათს!“ შესძახა მეფემ ხალისიანად და გავარდა.

ამ დროს ელისს გაცეცხლებული დედოფლის კივილი შემოესმა შორიდან და გადაწყვიტა, წავალ, ვნახავ, თამაში როგორ მიდისო. მანამდე დედოფალმა უკვე მიუსაჯა სიკვდილი სამ მოთამაშეს რიგის გამოტოვებისთვის და ელისიც, ცოტა არ იყოს, შეფიქრიანდა, საქმეს კარგი პირი არ უჩანსო. თამაში ისე არეულად მიმდინარეობდა, რომ გოგონამ არ იცოდა, როდის მოვიდოდა მისი რიგი. ყოველ შემთხვევაში, თავისი ზღარბი მაინც უნდა მოეძებნა.

მალე იპოვა კიდეც: სხვა ზღარბებს წაჩხუბებოდა და ელისმა გადაწყვიტა, ახლა სწორედ ხელსაყრელი შემთხვევაა, ერთი მეორეს გავკრაო. მაგრამ აქაც ხელი მოეცარა: თურმე ჩოგანი-ფლამინგო ბაღის მეორე ბოლოში წაყიალებულიყო და ამაოდ ცდილობდა ხეზე შეფრენას.

ელისმა, როგორც იქნა, დაიჭირა თავისი ფლამინგო, მაგრამ უკან რომ მიბრუნდა, ზღარბები აღარ დახვდა ადგილზე: ჩხუბი გაეთავებინათ. „არა უშავს,“ გაიფიქრა ელისმა, „სულერთია, კარიც სადღაც წასულა.“ ჰოდა, ამოიჩარა ფლამინგო იღლიაში, ისევ არსად გამექცესო, და კატასთან დაბრუნდა იმ განზრახვით, რომ ცოტას კიდევ გაესაუბრებოდა.

ელისს ძალიან გაუკვირდა, როცა დაინახა, რომ ჩეშირული კატის ირგვლივ კარგა მოზრდილი ბრბო შეგროვილიყო. ჯალათი, მეფე და დედოფალი გაცხარებით დავობდნენ რაღაცაზე, ყურს არ უგდებდნენ და პირიდან სიტყვას აცლიდნენ ერთმანეთს. დანარჩენები კი დუმდნენ და დაღვრემილი სახეებით შესცქეროდნენ.

ელისის დანახვაზე სამივე გარს შემოერტყა თხოვნით, დავა გადაგვიჭერიო. თავიანთი დასაბუთებანიც გაუმეორეს, მაგრამ ვინაიდან ყველა ერთად ყაყანებდა, გოგოს ძალიან გაუჭირდა იმის გარჩევა, ვინ რას ამბობდა.

ჯალათი ამტკიცებდა, თავს ისე ვერ მოჰკვეთ, თუ ხელთა გაქვს მარტო თავი და არსად ჩანს სხეული, რომლისგანაც ის უნდა მოიკვეთოს; ამ *სიბერეში* ვერ მოვკიდებ ხელს იმას, მთელი ცხოვრება რაც არ მიკეთებიაო.

მეფე ეუბნებოდა, რაკიღა თავი ადგილზეა, შეიძლება კიდეც მოიკვეთოს და სისულელეების ჩმახვას თავი გაანებეო.

დედოფალი კი გაიძახოდა, ახლავე საქმეს მიხედეთ, თორემ თქვენს თავებს ერთიმეორის მიყოლებით აქვე დავაყრევინებო. (ეს ბოლო შენიშვნა იქ შეკრებილ სტუმრებს ეხებოდა და სწო-

რედ ამიტომ ჰქონდა ყველას სახეზე ესოდენ შეშფოთებული გამომეტყველება.)

ელისმა უკეთესი ვერაფერი მოიფიქრა და შესთავაზა: "ეს კატა დუკასქალისაა და სჯობს, *მასვე* ჰკითხოთ რჩევა."

„დუკასქალი საპყრობილეშია," თქვა დედოფალმა და ჯალათს მიუბრუნდა: „აქ მომგვარე!" ჯალათიც ისარივით გავარდა.

მისი წასვლისთანავე კატის თავმა ნელ-ნელა იწყო გაქრობა და იმ დროისათვის, როცა ჯალათი დუკასქალთან ერთად მობრუნდა, მთლიანად გაუჩინარდა. მეფე და ჯალათი მის ძებნაში

ხან აქეთ ეცნენ, ხან იქით, მაგრამ კვალსაც ვერსად მიაგნეს. დანარჩენი საზოგადოება კი კროკეტის თამაშს დაუბრუნდა.

თავი IX

ვითომკუს თავგადასავალი

„ჩემო საყვარელო, ვერც კი წარმოიდგენ, რარიგ მიხარია კვლავ შენი ნახვა," ტკბილად უთხრა დუკასქალმა ელისს, მკლავში ხელი გაუყარა და განზე გაიყვანა.

ელისს ძალიან ესიამოვნა, ასეთ კეთილ გუნება-განწყობილებაზე რომ იხილა ეს ქალბატონი, და გულში გაიფიქრა, ალბათ პილპილმა თუ გააცხარა მაშინ, სამზარეულოშიო.

„როცა სეფექალი *გავხდები*," თავისთვის ჩაილაპარაკა ელისმა (თუმცა არც ისე იმედიანად), „სამზარეულოში პილპილს *არც* გავაჭაჭანებ. წვნიანს უმისოდაც მშვენიერი გემო აქვს. იქნებ სწორედ პილპილი აცხარებს ხოლმე ადამიანებს." ელისი ძალიან კმაყოფილი დარჩა იმით, რომ რაღაც ახალი კანონი აღმოაჩინა, და ხალისით განაგრძო: „— ხოლო ძმარი ამჟავებს, გვირილას ნაყენი ამწარებს, შაქარყინული და მისთანები კი ატკბილებს და ასათნოვებს ბავშვებს. ნეტავ უფროსებს ეს გაეგებოდეთ. მაშინ ხომ ტკბილეულობას აღარავინ დაინანებდა."

ამ ფიქრებში გართულს, დუკასქალი სულ მთლად გადაავიწყდა და ოდნავ შეკრთა კიდეც, როცა ყურთან ახლოს მისი ხმა გაიგონა. „რაღაცაზე ჩაფიქრებულხარ, ჩემო ძვირფასო, და აღარ მესაუბრები. ახლა ზუსტად ვერ გეტყვი, აქედან რა მორალი გამომდინარეობს, მაგრამ ცოტა ხანს მაცალე და გავიხსენებ."

„იქნებ არც არაფერი გამომდინარეობს," გაბედა გოგონამ დაეჭვება.

„ჩუ, ჩუ, ეგ არა თქვა, ბალღო!“ უთხრა დუკასქალმა, „მორალი ყველაფერშია, ოღონდ კაცს მისი მოძებნა უნდა შეეძლოს.“ და ამ სიტყვებთან ერთად კიდევ უფრო მჭიდროდ მიეკრა გოგონას გვერდზე.

ელისს არაფრად ეპიტნავებოდა მისი ასეთი სიახლოვე. ჯერ ერთი, დუკასქალი *მეტისმეტად* მახინჯი იყო; მეორეც, ზუსტად იმსიმაღლე გახლდათ, რომ ნიკაპს ზედ ელისის მხარზე ჩამოდებდა ხოლმე; ეს ნიკაპი კი, უნდა ითქვას, ძალიან წვეტიანი და უსიამოვნო ჰქონდა. ელისს მაინც არ სურდა უზრდელი გამოჩენილიყო და იტანდა, როგორც შეეძლო.

„თამაში ახლა თითქოს უკეთ მიდის,“ შენიშნა მან, უხერხულობა რომ გაეფანტა.

„ეგ ხომ ნამდვილად ასეა,“ კვერი დაუკრა დუკასქალმა; „*აქედან* კი, აი, რა მორალი გამომდინარეობს:— ,ოჰ, სიყვარულო, ოჰ, სიყვარულო, შენ ატრიალებ ქვეყნიერებას‘!“

„ვიღაცას უთქვამს,“ ჩურჩულით თქვა ელისმა, „ქვეყანა სულ წაღმა იტრიალებს, ყველამ საკუთარ საქმეს რომ მიხედოსო.“

„ოჰ, რასაკვირველია, ეგ ხომ თითქმის იმავეს ნიშნავს,“ უთხრა დუკასქალმა და მტკივნეულად ჩაასო მხარში თავისი პატარა წვეტიანი ნიკაპი; *აქედან* კი, აი, რა მორალი გამომდინარეობს:— ,შენ აზრს მიხედე, სიტყვები კი თავს მიხედავენ‘.“

„როგორ ჰყვარებია ყველაფერში მორალის ძიება,“ გაიფიქრა ელისმა.

„მე მგონი, შენ ახლა გიკვირს, წელზე ხელს რატომ არ გხვევ,“ მცირე დუმილის შემდეგ უთხრა დუკასქალმა; „მიზეზი კი ის გახლავს, რომ არ ვიცი, შენი ფლამინგო რა ზნისაა. იქნებ მაინც ვცადო?“

„*ამას* კბენაც შეუძლია,“ გააფრთხილა წინდახედულმა ელისმა; ცდის ჩატარება სულ არ ეჭაშნიკებოდა.

„სავსებით სწორი აზრია!“ დაეთანხმა დუკასქალი, „ფლამინგო იკბინება. მდოგვიც იკბინება. აქედან კი, აი, რა მორალი გამომდინარეობს:— ,ორივე ეგ ფრინველი მაღლა დაფრინავს‘.“

„ოღონდ მდოგვი ფრინველი არ არის,“ შენიშნა ელისმა.

„როგორც ყოველთვის, ცამდე მართალი ხარ,“ თქვა დუკასქალმა, „რა ნათლად იცი აზრის გამოთქმა.“

„*მე მგონი*, მინერალია,“ განაგრძო ელისმა.

„მინერალია, აბა რა!“ დაუდასტურა დუკასქალმა, რომელიც, ეტყობოდა, მზად იყო, დათანხმებოდა ყველაფერს, რასაც გოგო იტყოდა; „ეს არემარე სავსეა მდოგვის *საბადოებით*. ამ ამბიდან კი, აი, რა მორალი გამომდინარეობს:— ,რაც მეტი *მაბადია* მე, მით ნაკლები *გაბადია* შენ‘!“

„გამახსენდა!“ შესძახა ელისმა, რომელსაც დუკასქალის ეს ბოლო ნათქვამი არც კი გაუგონია; „მდოგვი ბოსტნეულია. მართალია, არა ჰგავს, მაგრამ მაინც ბოსტნეულია.“

„სრულიად გეთანხმები,“ თავი დაუქნია დუკასქალმა; „აქედან კი, აი, რა მორალი გამომდინარეობს:— ,იყავი ის, რაც ჩანხარ‘, „ანუ, თუ გნებავს, უფრო მარტივად გეტყვი:— ,არასოდეს წარმოიდგინო თავი სხვაგვარად, ვიდრე შეიძლება ეჩვენო სხვებს, რომ შეიძლებოდა ყოფილიყავი სხვაგვარი, ვიდრე სინამდვილეში იყავი, განსხვავებით იმისგან, რომ ის, რაც შენ იქნებოდი, მათ შეიძლებოდა სხვაგვარად მოსჩვენებოდათ‘.“

„ასე მგონია, თქვენს ნათქვამს უკეთ გავიგებდი, რომ ჩამეწერა,“ მოკრძალებით შენიშნა ელისმა; „ერთი მოსმენით კი, ვშიშობ, მთლად კარგად ვერ ჩავწვდი აზრს.“

„ეს კიდევ არაფერია იმასთან შედარებით, რის თქმაც შემიძლია, თუკი მოვისურვებ,“ კმაყოფილი ხმით მიუგო დუკასქალმა.

„არა, ძალიან გთხოვთ, ნუ შეწუხდებით!“ წამოიძახა ელისმა.

„რას ამბობ, ეგ რა შეწუხებაა!“ უთხრა დუკასქალმა; „მიჩუქნია შენთვის ყველაფერი, რაც კი აქამდე ვთქვი.“

„დიდი ვერაფერი საჩუქარია! კიდევ კარგი, არავინ მჩუქნის მსგავს რამეებს დაბადების დღეზე!“ გაიფიქრა ელისმა, ხმამაღლა თქმისგან კი თავი შეიკავა.

„ისევ ფიქრებმა წაგიღო?“ ჰკითხა დუკასქალმა და კვლავ ჩაასო თავისი წვეტიანი პატარა ნიკაპი.

„მგონი, მაქვს ფიქრის უფლება,“ მოუჭრა ელისმა, რომელსაც, ცოტა არ იყოს, გული მოუვიდა.

„გაქვს,“ დაეთანხმა დუკასქალი, „ღორებსაც აქვთ ფრენის უფლება. აქედან კი, აი, რა მორ—“

მაგრამ აქ მოულოდნელად დუკასქალს სწორედ თავის საყვარელ სიტყვაზე ჩაუვარდა ენა და გოგონას მკლავზე ჩამოდებული ხელი აუცახცახდა. გაკვირვებულმა ელისმა თავი ასწია და დაინახა დედოფალი, რომელიც დოინჯშემოყრილი დასდგომოდათ თავს და მრისხანედ იბღვირებოდა.

„შესანიშნავი დღეა, თქვენო უდიდებულესობავ,“ წამხდარი ხმით წაილუღლუღა დუკასქალმა.

„პატიოსან სიტყვას გაძლევ!“ დაიქუხა დედოფალმა და ფეხი დაჰკრა მიწას; „თვალის დახამხამებაში — არა, კიდევ უფრო მალე მოწყდი აქედან, თორემ შენი თავი მოწყდება მხრებს. აირჩიე!“

დუკასქალმა აირჩია და წამსვე გაქრა.

„გავაგრძელოთ თამაში,“ უთხრა დედოფალმა ელისს და ისიც, გულგახეთქილი, ლასლასით აედევნა უკან ისე, რომ კრინტიც არ დაუძრავს.

კროკეტის მოედანზე კი დანარჩენ სტუმრებს დედოფლის არყოფნით ესარგებლათ და ჩრდილში წამოგორებულიყვნენ; მაგრამ როგორც კი თვალი მოჰკრეს, დედოფალი მობრძანდებაო, სასწრაფოდ წამოიშალნენ და თამაშს დაუბრუნდნენ. მისმა უდიდებულესობამ კი მხოლოდ გადაუკრა, წამიერი შეყოვნებაც კი სიცოცხლის ფასად დაგიჯდებათო.

მთელი თამაშის განმავლობაში დედოფალი გაუთავებლად ჩხუბობდა; ხან ერთ მოთამაშეს ეკვეთებოდა, ხან მეორეს და გაჰყვიროდა, ამას გააგდებინეთ თავი, იმას გააგდებინეთ თავიო. ჯარისკაცები თავიანთი ადგილებიდან დგებოდნენ და სიკვდილმისჯილებს აპატიმრებდნენ. ამის შედეგად, კარების რაოდენობა

მინდორზე თანდათან მცირდებოდა, ცოტა ხანში კი აღარც ერთი არ დარჩა — ისევე, როგორც მოთამაშეები: მეფე-დედოფლისა და ელისის გარდა, ყველანი დაატუსაღეს და ახლა საცოდავები განაჩენის აღსრულებას ელოდნენ.

მაშინ დედოფალიც მორჩა თამაშს. ისეთი არაქათგამოცლილი იყო, რომ სულს ძლივს იბრუნებდა. „ვითომკუ ჯერ არ მოგინახულებია?“ ქოშინით ჰკითხა ელისს.

„არა,“ მიუგო ელისმა; „არც კი ვიცი, ვითომკუ ვინ არის.“

„ეგ ის არსებაა, რისგანაც ვითომ კუს წვნიანს ამზადებენ,“ აუხსნა დედოფალმა.

„პირველად მესმის,“ თქვა ელისმა.

„მაშ, მომყევი,“ ბრძანა დედოფალმა, „ვითომკუ თავის ამბავს მოგიყვება.“

ისინი უკვე გზაში იყვნენ, როცა ელისმა ყური მოჰკრა, მეფემ რომ უთხრა სტუმრებს ჩუმად, ყველანი შეწყალებული ხართო. „ეგ კი კარგი საქმეა,“ ჩაილაპარაკა ელისმა, რომელსაც ძალიან აწუხებდა უბედურ სიკვდილმისჯილთა ბედი.

სულ მალე ისინი გადაეყარნენ გრიფონს, რომელიც მზის გულზე იწვა და ღრმა ძილს მისცემოდა. (თუ არ იცი, რა არის გრი — ფონი, სურათს დახედე.) „ადექი, შე უქნარა!“ დასჭყივლა დედოფალმა, „ეს ახალგაზრდა ქალბატონი ვითომკუსთან წაიყვანე და უთხარი, თავისი თავგადასავალი უამბოს. მე კი უნდა დავბრუნდე. იქ ზოგ-ზოგებს სიკვდილი მივუსაჯე და თვალი

უნდა მივადევნო, რომ ყველაფერი რიგზე იყოს.“ ეს თქვა და წავიდა, ელისი კი გრიფონს დაუტოვა. გოგონას თვალში არ მოუვიდა გრიფონის შესახედაობა, მაგრამ ფიქრმა გაუელვა, იქნებ, ბოლოს და ბოლოს, ამასთან ყოფნა ნაკლებად სახიფათოც კი იყოს, ვიდრე იმ გადარეულ დედოფალთანო.

გრიფონი წამოჯდა და თვალები მოიფშვნიტა. მერე დედოფალს გააყოლა მზერა და მხოლოდ მას შემდეგ მოაბრუნა თავი, რაც ის თვალს მიეფარა. „ჰე, მოდი და ნუ გაგეცინება!“ ჩაიხითხითა მან. ძნელი სათქმელი იყო, თავისთვის თქვა, თუ ელისის გასაგონად.

„რა არის სასაცილო?“ ჰკითხა გოგომ.

„რა კი არა, *ვინ*,“ მიუგო გრიფონმა, „დედოფალი, რასაკვირველია! რაღას არ მოიგონებს, სიკვდილით დასჯაო. არავისაც არ სჯიან ეგენი, იცოდე. აბა, მომყევი!“

„აქ ყველა სულ იმას მომძახის, აბა, ეს ქენი, აბა, ის ქენიო,“ ფიქრობდა ელისი და თან მორჩილად მისდევდა კუდში გრიფონს, „ჩემს ცხოვრებაში არავინ მაძლევდა ადრე ამდენ ბრძანებას, არავინ!“

ცოტა რომ გაიარეს, შორს ვითომკუ დაინახეს, რომელიც ეული და სევდიანი იჯდა კლდის პატარა ქიმზე. ხოლო როცა მიუახლოვდნენ, ისეთი ოხვრა-კვნესა მოესმათ, გეგონებოდათ, ვითომკუმ ამ ამოოხვრას გულ-ღვიძლიც თან ამოაყოლაო. ელისი მისი სიბრალულით აივსო. „ნეტავი, რა დარდი უღრღნის გულს?“ იკითხა მან და გრიფონმაც თითქმის იმავე სიტყვებით უპასუხა, რომლითაც ცოტა ხნის წინათ: „ჰე, რაღას არ მოიგონებ, დარდიო. არაფერიც არა აქვს მაგას სადარდებელი, იცოდე. აბა, მომყევი!“

ჰოდა, ასე წამოადგნენ თავზე ვითომკუს, რომელმაც ცრემლით სავსე დიდრონი თვალები მიაპყრო მათ, თქმით კი არაფერი უთქვამს.

„აი, ამ ნორჩსა ქალბატონსა,“ უთხრა გრიფონმა, „ემაგ შენი თავგადასავლის მოსმენა სურს, მააშ!“

„მოვუყვები,“ მიუგო ვითომკუმ ღრმა, ჩავარდნილი ხმით: „აქ დასხედით ორივე და სანამ მოვრჩებოდე, კრინტი არ დაძრათ.“

ისინიც დასხდნენ. რამდენიმე წუთით სიჩუმემ დაისადგურა. „არ ვიცი, *როგორ* უნდა მორჩეს, თუკი ვერა და ვერ დაიწყო“, გაიფიქრა ელისმა, მაგრამ მაინც დაცდა ამჯობინა.

„ოდესღაც,“ როგორც იქნა, ამოიღო ხმა ვითომკუმ და ღრმა ოხვრაც ამოაყოლა, „მე ნამდვილი კუ ვიყავი.“

ამ სიტყვებს მოჰყვა ძალიან ხანგრძლივი დუმილი, რომელსაც მხოლოდ შიგადაშიგ არღვევდა გრიფონის ფრუტუნი და ვითომკუს გაბმული, გულამოსკვნილი ქვითინი. ცოტაც და, ელისი უნდა ამდგარიყო და ეთქვა: „დიდი მადლობა, სერ, ასეთი საინტერესო ამბის მოყოლისთვის," მაგრამ მაინც თავი შეიკავა და ჩუმად დაელოდა: ვერ წარმოედგინა, რომ ამას *რაიმე* გაგრძელება მაინც არ მოჰყვებოდა.

ბოლოს, როგორც იქნა, ვითომკუ ოდნავ დამშვიდდა და ხმის კანკალით განაგრძო: „როცა პატარები ვიყავით, სკოლაში დავდიოდით ზღვის ფსკერზე. ჩვენი მასწავლებელი — ეჰ — ერთი მოხუცი კამბალა იყო. ჩვენ მას ორაგულს ვეძახდით —"

„რატომ ეძახდით ორაგულს, თუკი კამბალა იყო?“ გაუკვირდა ელისს.

„იმიტომ, რომ — ძალიან, ძალიან კეთილი ვინმე იყო,“ უპასუხა ვითომკუმ და ცრემლი ჩამოუგორდა.

„ვშიშობ, მაინც ვერ გავიგე,“ მორიდებით უთხრა ელისმა.

„ჩვენ მას ვეძახდით ორაგულს, იმიტომ, რომ ყველა ამბობდა მასზე: ‚ო, რა გული აქვს, ო, რა გული აქვსო‘,“ გაცხარდა ვითომკუ, „ეტყობა, დიდად არ გიჭრის ჭკუა!“

„უნდა გრცხვენოდეს, ასეთ უბრალო შეკითხვებს რომ იძლევი,“ მხარი აუბა გრიფონმაც. მერე ორივენი გაჩერდნენ და მდუმარედ დააშტერდნენ საწყალ ელისს, რომელსაც ერჩივნა, მიწა გასკდომოდა და შიგ ჩაეტანა. ბოლოს გრიფონი ვითომკუს მიუბრუნდა და შესძახა: „აბა, ჰე, ძველო ძმობილო, მიდი, დაუჩქარე, ემანდ არ შემოგვაღამდეს!“

„ჰოდა, როგორც გითხარი, ზღვის ფსკერზე დავდიოდით სკოლაში,“ განაგრძო ვითომკუმ, „შენ გინდა დაიჯერე, გინდა არა.“

„განა მე კი ვთქვი, არ მჯერა-მეთქი?“ სიტყვა შეუბრუნა ელისმა.

„დიახ, თქვი!“ უთხრა ვითომკუმ.

„ენას კბილი დააჭირე,“ მიახალა გრიფონმაც ისე, რომ გოგონას ხმის ამოღება აღარ აცალა. ვითომკუმ კი განაგრძო:

„განათლება მართლაც რომ საუკეთესო მივიღეთ. ანდა რა გასაკვირია, ჩვენ ხომ ყოველდღე დავდიოდით სკოლაში —“

„*მეც* ყოველდღე დავდიოდი სკოლაში,“ თქვა ელისმა, „სატრაბახო აქ ბევრი არაფერია.“

„დამატებით საგნებსაც გასწავლიდნენ?“ ცოტა არ იყოს, შეშფოთებით იკითხა ვითომკუმ.

„დიახ,“ უთხრა ელისმა, „ფრანგულსა და მუსიკას.“

„რეცხვასაც?“ ჩაეკითხა ვითომკუ.

„რა თქმა უნდა, არა!“ გაბრაზებით მიუგო ელისმა.

„აჰა, ხომ ხედავ! მაშასადამე, თქვენი სკოლა დიდი ვერაფერი სკოლა ყოფილა,“ შვებით ამოისუნთქა ვითომკუმ; „აი, *ჩვენსაში* კი ქვითარზე ყოველთვის მიწერილი იყო ხოლმე: ფრანგულის, მუსიკისა და *რეცხვის* საფასური დამატებით.“

„რეცხვა დიდად არ უნდა დაგჭირვებოდათ,“ თქვა ელისმა, „თქვენ ხომ ზღვის ფსკერზე ცხოვრობდით.“

„ეჰ, მე კი მაინც ვერ ვესწრებოდი რეცხვის გაკვეთილებს,“ ამოიოხრა ვითომკუმ, „ხელმოკლე ვიყავი. მე მხოლოდ სავალდებულო საგნები გავიარე.“

„რა საგნები?“ დაინტერესდა ელისი.

„უპირველეს ყოვლისა, რა თქმა უნდა, ბღვერა-კიცხვა შეგვასწავლეს,“ გაიხსენა ვითომკუმ, „შემდეგ კი გარითმეტიკის ოთხი მოქმედება:— შეკრეჭა, გამოკვება, გამავნება და გაყვლეფა.“

„‚გამავნება‘ პირველად მესმის,“ ფრთხილად თქვა ელისმა, „რა არის?“

„პირველად ესმის გამავნება!“ წამოიძახა გრიფონმა და გაოცების ნიშნად თათები მაღლა აღაპყრო; „იმედი მაქვს, ის მაინც იცი, რას ნიშნავს გაკეთილშობილება?“

„დიახ,“ ყოყმანით ჩაილაპარაკა ელისმა, „ეგ ნიშნავს — აი — მაგალითად — როცა — უფრო კეთილშობილი ხდები.“

„ჰოდა,“ განაგრძო გრიფონმა, „ამის მერე შენ თუ არ იცი, რა არის გამავნება, ბრიყვი *ყოფილხარ!*“

ელისს ამ საკითხზე საუბრის გაგრძელების ყოველგვარი ხალისი დაეკარგა და ისევ ვითომკუს მიუბრუნდა: „კიდევ რას სწავლობდით სკოლაში?“

„ჰოო, კიდევ ვსწავლობდით ბიო-ლობიოს და სოიო-ლობიოს ბოსტანიკასთან ერთად,“ დაიწყო ვითომკუმ საგნების ჩამოთვლა; „აგრეთვე ზღვეოგრაფიას; შემდეგ გურმანულ ენასა და გასტრონომიას. გასტრონომი ერთი ბებერი გველთევზა იყო. უფხო ენებსაც ის გვასწავლიდა კვირაში ერთხელ მოდიოდა ხოლმე სკოლაში. გარდა ამისა, ფეხგარჯილობასა და ისტერიასაც ვეწაფებოდით.“

„*ეგ რაღა იყო?*“ ჰკითხა ელისმა.

„გაჩვენებდი, მაგრამ ძველებური მოქნილება დავკარგე.“ მიუგო ვითომკუმ, „გრიფონს კი ეს საგნები არასოდეს გაუვლია.“

„დრო არ მქონდა,“ დაემოწმა გრიფონიც, „სამაგიეროდ, მე კლასიკური განათლება მივიღე.“

„ჰოო, მახსოვს, მახსოვს, შენ ხომ კუებთან ერთად იჯექი კლასში,“ თავი დაუქნია ვითომკუმ.

„მერე განა ამას ჰქვია კლასიკური განათლება?“ იკითხა გაკვირვებულმა ელისმა.

„აბა, რას უნდა ერქვას?!“ თავის მხრივ გაუკვირდა ვითომკუს; „შენ ადამიანებთან ერთად დადიხარ სკოლაში, ხომ? ანუ შენი კლასი არის *ადამიანური.* ეგ კი (ვითომკუმ თათი გრიფონისაკენ გაიშვირა) კუებთან ერთად იჯდა კლასში; მაშასადამე, მისი *კლასი იყო კური.* რა არის აქ გაუგებარი?“

„ჩვენი მასწავლებელი თუ გახსოვს, ბებერი კიბო?“ მეოცნებე სახით განაგრძო გრიფონმა.

„ჰოო, პედაგოგი, თანაც რა პედაგოგი!“ აიტაცა ვითომკუმ, „მე მის ჯგუფში ვერ მოვხვდი, მაგრამ გამიგონია, ბევრბრძნულისა და ლაციცურის შესანიშნავი მცოდნე იყოო.“

„რაც მართალია, მართალია,“ დაუდასტურა გრიფონმაც და ღრმად ამოიკვნესა. ორივე არსებამ თათებში ჩარგო თავი.

„რამდენი გაკვეთილი გქონდათ ყოველდღიურად?“ სასწრაფოდ იკითხა ელისმა, რათა სხვა თემაზე გადაეტანა საუბარი.

„პირველ დღეს ათი,“ უპასუხა ვითომკუმ, „მეორე დღეს ცხრა და ასე შემდეგ.“

„რა უცნაური ცხრილი გქონიათ!“ გაუკვირდა ელისს.

„მაგიტომაც ჰქვია ცხრილი,“ აუხსნა გრიფონმა, გაკვეთილები ყოველდღიურად *იცხრილება* და მცირდება.

ეს იმდენად ახალი აზრი იყო ელისისათვის, რომ იგი ცოტა ხნით ჩაფიქრდა, სანამ შემდეგი კითხვით მიმართავდა: „მაშასადამე, გამოდის, მეთერთმეტე დღე უქმე უნდა ყოფილიყო, ხომ?“

„უქმე იყო, მაშ!“ დაუდასტურა ვითომკუმ.

„მეთორმეტე დღეს რაღას შვრებოდით?“ არ ცხრებოდა ელისი.

„კმარა ამაზე საუბარი!“ მტკიცედ გააწყვეტინა გრიფონმა; „ახლა ჩვენი თამაშობების შესახებაც უთხარი რამე!“

თავი X

ასთაკვეზის კადრილი

ვითომკუმ მძიმედ ამოიხვნეშა და თვალებზე მოისვა ფარფლი. მერე ელისს შეხედა. ეტყობოდა, რაღაცის თქმა უნდოდა, მაგრამ კარგა ხანს ვერ მოახერხა ხმის ამოღება: ცრემლი ახრჩობდა. „თითქოს ძვალი გაეჩხირა ყელშიო,“ შენიშნა გრიფონმა, მერე დაუწყო ნჯღრევა და ზურგზე ხელის ტყაპუნი. ბოლოს ვითომკუს ლაპარაკის უნარი დაუბრუნდა და კვლავ გააგრძელა თხრობა, თან სულ ცრემლად იღვრებოდა:—

„შენ ალბათ დიდხანს არ გიცხოვრია ზღვის ფსკერზე —“ („არ მიცხოვრია,“ დაუდასტურა ელისმა.) „— და შესაძლოა, არც ასთაკვას გასცნობიხარ —“ („ერთხელ კი გავსინჯე —“ წამოიწყო ელისმა, მაგრამ სასწრაფოდ დააჭირა ენას კბილი და ხმამაღლა დაამატა: „არა, არასოდეს“) „— მაშინ შენ წარმოდგენაც არ გექნება იმაზე, თუ რა მშვენიერი რამაა ასთაკვების კადრილი!“

„მართლაც არ ვიცი,“ თქვა ელისმა, „რანაირი ცეკვაა?“

„მაშ ასე,“ განაგრძო გრიფონმა, „თავდაპირველად ყველანი ზღვის ნაპირზე უნდა გამწკრივდეთ —“

„ორ რიგად!“ შესძახა ვითომკუმ, „სელაპები, კუები, ორაგულები და სხვები. მერე, როცა მედუზებისაგან გაწმენდთ ზღვას —“

„ამას კი, ჩვეულებრივ, *საკმაო* დრო მიაქვს,“ ჩაურთო გრიფონმა.

„ორ ნაბიჯს გადადგამთ წინ —“

„ასთაკვებთან ხელჩაკიდებულნი!“ შეჰყვირა გრიფონმა.

„დიახ, დიახ,“ დაემოწმა ვითომკუ, „ორი ნაბიჯით წინ წაიწევთ, თავს დაუკრავთ თქვენს მეწყვილეს —“

„— გაცვლით ასთაკვებს და იმავე წესით დაიხევთ უკან,“ სიტყვა ჩამოართვა გრიფონმა.

„მერე კი, ჩემო ბატონო,“ ისევ ვითომკუმ განაგრძო, „მთელი ძალით მოისვრით —“

„ასთაკვებს!“ შესჭყივლა გრიფონმა და ჰაერში შეიკუნტრუშა.

„— რაც შეიძლება შორს, ზღვაში —“

„მიჰყვებით ცურვით!“ დაიწივლა გრიფონმა.

„ყირაზე გადადიხართ წყალში!“ იღრიალა ვითომკუმ და გიჟურ ხტუნვას მოჰყვა.

„კვლავ გაცვლით ასთაკვებს!“ მთელი ხმით იკივლა გრიფონმა.

„უკან ბრუნდებით ნაპირზე და პირველი ფიგურაც შესრულებულია,“ ჩაამთავრა ვითომკუმ და ერთბაშად ჩაუწყდა ხმა. ეს ორი არსება, რომლებიც ცოტა ხნის წინ შეშლილებივით ხტოდნენ და კუნტრუშებდნენ, ახლა ელისის წინ ქვიშაზე ისხდნენ და მწუხარე თვალებით შესცქეროდნენ მას.

„ალბათ ძალიან ლამაზი ცეკვა იქნება,“ მორიდებით შენიშნა ელისმა.

„გინდა ნახო?“ ჰკითხა ვითომკუმ.

„დიახ, ძალიან!“ უპასუხა ელისმა.

„მოდი, მაშ, პირველი ფიგურა ვცადოთ!“ მიუბრუნდა ვითომკუ გრიფონს, „არა უშავს რა, უასთაკვებოდაც შეიძლება. ვინ იმღერებს?“

„*შენ* იმღერე!“ მიუგო გრიფონმა, „მე სიტყვები გადამავიწყდა.“

ჰოდა, შეუდგნენ კიდეც საზეიმო გამომეტყველებით ელისის გარშემო როკვასა და წრეების დარტყმას. საბრალო გოგოს წამდაუწუმ ფეხზე აბიჯებდნენ, წინა თათებს ტაქტის აყოლებით იქნევდნენ; ვითომკუ კი გაბმით მღეროდა ნელ, სევდიან სიმღერას:—

„ცოტა სწრაფად გაიარე,“ უთხრა ზუთხმა ლოკოკინას,
„უკან მოვგდევს ეს დელფინი, კუდზე ფეხი დამაბჯინა.
იქ, რიყეზე მეჯლისია, ყველა ცეკვავს, ყველა ხარობს.
შენც წამოდი, მეგობარო, თუკი გინდა დაუარო.
წამოგვყევი, მეგობარო, თუკი შენც გსურს დაუარო!

გსურს თუ არ გსურს, გსურს თუ არ გსურს,
გსურს თუ არ გსურს, დაუარო?
გსურს თუ არ გსურს, გსურს თუ არ გსურს,
გსურს თუ არ გსურს, დაუარო?

„შენ ხომ ვერც კი წარმოიდგენ, როგორ გაიხარებ მაშინ,
ასთაკვებთან ერთად როცა მოგისვრიან შორს, შორს ზღვაში!“
„შორს არ მინდა, მეშინია,“ ლოკოკინამ მხოლოდ ეს თქვა,
„დიდად გმადლობთ, მაგრამ რა ვქნა, ძალზე მიჭირს
თქვენთან ცეკვა.
მიჭირს, არ მსურს, მიჭირს, არ მსურს,
მიჭირს, არ მსურს, თქვენთან ცეკვა,
მიჭირს, არ მსურს, მიჭირს, არ მსურს,
მიჭირს, არ მსურს თქვენთან ცეკვა.“

„შორს რა არის და რა — ახლოს? ნაპირია ყველგან ერთი.
იქ, სადაც შორს ინგლისია, ახლოს არის საფრანგეთი.
ნუ ფითრდები, ნუღარ ღელავ, საყვარელო მეგობარო!
ის არა სჯობს, წამოხვიდე, ჩვენთან ერთად დაუარო?!
გსურს თუ არ გსურს, გსურს თუ არ გსურს,
გსურს თუ არ გსურს, დაუარო?
გსურს თუ არ გსურს, გსურს თუ არ გსურს,
გსურს თუ არ გსურს დაუარო?“

„გმადლობთ, თქვენი ცეკვა ძალიან საინტერესო იყო,“ უთხრა ელისმა, გულში კი უხაროდა, მადლობა ღმერთს, როგორც იქნა, გაათავესო; „ის უცნაური სიმღერაც ძალიან მომეწონა, ზუთხზე.“

„აი, ზუთხს რაც შეეხება,“ თქვა ვითომკუმ, „ის ხომ — შენ, რა თქმა უნდა, იცნობ მას?“

„დიახ,“ დაიწყო ელისმა, „ბევრჯერ მინახავს სუფრაზე —“ და სასწრაფოდ იკბინა ენაზე.

„სუფრაზე კი არა, სუფრასთან,“ გაუსწორა ვითომკუმ, „არა მგონია, ისეთი ზრდილი პიროვნება, როგორიც ზუთხია, მაგიდაზე ამძვრალიყო, ჰოდა, რახან ისე კარგად იცნობ, რომ სტუმრადაც ეპატიჟები, ალბათ ისიც გეცოდინება, როგორ გამოიყურება.“

„მგონი, ვიცი,“ ჩაფიქრებით მიუგო ელისმა, „კუდი პირში აქვს გაჩრილი და ერთიანად დაფხვნილ ორცხობილაშია ამოგანგლული.“

„რაც შეეხება ორცხობილას, მთლად სწორად არ გცოდნია. ზღვაში რა ორცხობილა შერჩებოდა. კუდი კი მართლა პირში *აქვს* გაჩრილი და იცი, რატომ? მიზეზი ის არის, რომ —“ აქ ვითომკუმ დაამთქნარა და თვალები მილულა, „უთხარი ერთი, რა მიზეზია და საერთოდ ყველაფერი,“ მიმართა გრიფონს.

„მიზეზი ისაა, რომ ზუთხს *ძალიან* უყვარს ასთაკვებთან ცეკვა,“ დაიწყო გრიფონმა, „ჰოდა, ერთხელაც იყო, მოჰკიდეს ხელი და მოისროლეს ზღვაში. ჰოდა, კარგა დიდხანს იფრინა. ჰოდა, კარგა შორს მოადინა ტყაპანი. ჰოდა, პირში ჩაეჩარა კუდი. ჰოდა, ისე მაგრად ჩაეჩარა, რომ ვეღარც გამოიღო. ეს არის და ეს.“

„გმადლობთ,“ უთხრა ელისმა, „ძალიან საინტერესოა. აქამდე ნამდვილად არ ვიცოდი ამდენი რამ ზუთხის შესახებ.“

„თუ გინდა, კიდევ ბევრი რამ შემიძლია გიამბო მასზე,“ შესთავაზა გრიფონმა, „მაგალითად, თუ იცი, ზუთხს რატომ ეძახიან?“

„ამაზე არასოდეს დავფიქრებულვარ," უპასუხა ელისმა, „და რატომ?"

„*ზუთხვა* უყვარს და იმიტომ!", მედიდურად წარმოთქვა გრიფონმა. „დილიდან საღამომდე სულ რაღაცას იზუთხავს. თურმე ლიფსიტობაშიც ძალიან ბეჯითი ყოფილა. ამბობენ, სკოლაში, გაკვეთილზე, ყოველთვის ისე კარგად პასუხობდა, *კალმახი* არასოდეს დასჭირვებიაო. ყველაფერი დაზუთხული ჰქონდა და იმიტომ!"

„თქვენ ალბათ გინდოდათ გეთქვათ *კარნახი*, ხომ?" მორიდებით ჩაეკითხა ელისი.

„რომ მდომოდა, ვიტყოდი კიდეც," მოუჭრა გრიფონმა ერთობ განაწყენებული ტონით.

„ისეთ რამეებს კითხულობ, ლიფსიტაც რომ არ იკითხავს," ჩაერია საუბარში ვითომკუ, „აკი ამბობდი, სკოლაში დავდივარო. აბა, დაფიქრდი, რის იმედი აქვს, მაგალითად, მოწაფეს, რომელმაც კარგად არ იცის გაკვეთილი, მასწავლებელი კი დაფასთან გამოიძახებს? რასაკვირველია, *კალმახის*. ჰოდა, ისიც ყოველთვის პირველ რიგში ზის და მზადაა *საკალმახოდ*. ახლა გასაგებია?"

ელისი ჩაფიქრებული უგდებდა ყურს, მერე ჰკითხა: „სხვა თევზების შესახებაც თუ იცით, როგორ დაერქვათ სახელები?"

„ვიცი, რა თქმა უნდა!" მიუგო გრიფონმა, „შენ ვისი ამბავი გაინტერესებს?"

„ვირთევზაზე უთხარი!" შესთავაზა ვითომკუმ.

„ოჰ, ეგ თავისი სიჯიუტითაა ცნობილი!" თქვა გრიფონმა, „ისე, თევზად არა უშავს რა, მაგრამ თუ რამე დაიჩემა, ვერ გადაათქმევინებ: ვირივით ჯიუტია. ამიტომაც ბევრს არ უყვარს."

„მეგობრებიც ძალიან ჭირვეული ჰყავს," ჩაურთო ვითომკუმ, „ღლავი მთელ დღეს ღნავის, ჭიჭყინა ჭიჭყინებს; ვერც კარჩხანას გაეკარები, ისეთი კაპარჩხანაა."

„კმარა ამაზე," გააწყვეტინა გრიფონმა, „აბა, ახლა *შენი* თავგადასავალი მოგვასმენინე!"

„შემიძლია გიამბოთ, *დღეს* რა გადამხდა თავს," ცოტა გაუბედავად წამოიწყო ელისმა; „გუშინდელი ამბების გახსენება არ ღირს იმიტომ, რომ გუშინ მე სულ სხვა ვინმე ვიყავი."

„აგვიხსენი ეგ ყველაფერი," უთხრა ვითომკუმ.

„არა, არა, ჯერ თავგადასავალი გვიამბოს!" მოუთმენლად შესძახა გრიფონმა; „ახსნა-განმარტებას ყოველთვის უამრავი დრო მიაქვს."

ჰოდა, ელისიც შეუდგა თავს გადახდენილი ამბების მოყოლას იმ წუთიდან, როცა პირველად მოჰკრა თვალი თეთრ კურდღელს. თავდაპირველად ცოტა უხერხულად გრძნობდა თავს, ვინაიდან ეს ორი არსება, ფართოდ თვალებდაჭყეტილი და პირდაბჩენილი, ძალიან *ახლოს* მიუჯდა აქეთ-იქიდან, მაგრამ შემდეგ ნელ-ნელა მოიკრიბა მხნეობა და უფრო თამამად განაგრძო თხრობა. მსმენელები სულგანაბულნი ისხდნენ, სანამ ელისი მიადგებოდა იმ ადგილს, სადაც მუხლუხის ბრძანებით ამბობდა ლექსს *,დაბერებულხარ, მამა უილიამ'* და სიტყვები სულ უკუღმართად გამოუდიოდა. მაშინ კი ვითომკუმ ღრმად ამოისუნთქა და განაცხადა, „ეგ ძალიან უცნაურია!"

„მართლაც და, უაღრესად უცნაურია," დაეთანხმა გრიფონიც.

„ყველაფერი სულ სხვანაირად გამოვიდა," ჩაფიქრებით განაგრძო ვითომკუმ; „მე ახლა მინდა, რომ ამან სცადოს და რაიმე სხვა ლექსი თქვას ზეპირად. უთხარი დაიწყოს!" და ამ სიტყვებით გრიფონს გადახედა ისე, თითქოს მას რაღაც განსაკუთრებული გავლენა ჰქონდა ელისზე.

„ადექი და თქვი *,ხმა გავიგონე ზარმაცისა'*!" უბრძანა გრიფონმა ელისს.

„ამ არსებებს ოღონდ კი რაიმე აბრძანებინე ჩემთვის!" გაიფიქრა ელისმა, „გეგონება, სკოლაში ვიყო: სულ რაღაცას მაკითხებენ." ამისდა მიუხედავად, მაინც ადგა და ლექსის კითხვას შეუდგა. ოღონდ გონებაში სულ ასთაკვები და ზღვის კადრილი უტრიალებდა და თვითონაც არ ესმოდა კარგად, რას ამბობდა. ამიტომ სიტყვებიც მეტისმეტად უცნაური გამოუვიდა:—

„ხმა გავიგონე ასთაკვისა, მესმის ძახილი:
,რად გადამხრაკეთ? ახლა მინდა ფერ-უმარილი!'
მუდამ კოხტაობს, როგორც დენდი და იპრიალებს
თავისი ცხვირით ბალთას, ღილებს და ფეხის ფრჩხილებს.
ჩიტივით ლაღობს, თუ ნაპირზე დაშრება ქვიშა,
კუდსაც ვერ მომჭამს ზვიგენიო, ამბობს უშიშრად;
მოქცევის დროს კი, როცა მოქრის ზვიგენთა ჯარი,
ხმას აღარ იღებს ფერმიხდილი და ნირწამხდარი."

„ეს სულ არა ჰგავს იმ ლექსს, ბავშვობაში რომ ვამბობდი," თქვა გრიფონმა.

„მე კი არც არასოდეს გამიგონია," დაურთო ვითომკუმ, „და უნდა გითხრათ, იშვიათი აბდაუბდაა!"

ელისს ხმა არ გაუცია. ხელებში სახეჩარგული იჯდა და ფიქრობდა, ნუთუ *აღარასოდეს* დაუბრუნდებოდა ის დრო, როცა ყველაფერი თავისი გზით მიდიოდა.

„ახსნა-განმარტებას მოველი!“ განაცხადა ვითომკუმ.

„ტყუილია, ეგ ვერაფერს განგიმარტავს,“ საჩქაროდ უთხრა გრიფონმა და ელისს მიუბრუნდა: „რაღას უდგახარ, ახლა შემდეგი სტროფი თქვი!“

„ფეხის ფრჩხილების ამბავი მაინც ამიხსნას,“ არ იშლიდა ვითომკუ; „ცხვირით *რანაირად* იპრიალებდა, ჰა?“

„ეს ცეკვის პირველი პოზიციაა,“ მიუგო ელისმა, რომელსაც ისე აებნა თავგზა, რომ უკვე თვითონაც აღარაფერი გაეგებოდა. ახლა ერთი სული ჰქონდა, სხვა საგანზე გადაეტანა საუბარი.

„შემდეგი სტროფი თქვი-მეთქი!“ მოუთმენლად გაუმეორა გრიფონმა, ამ სიტყვებით იწყება: *‚იმის ბოსტანთან ჩავიარე —*‘“

ელისმა ვერ გაბედა უარის თქმა, თუმცა კი გრძნობდა, რომ ყველაფერი კვლავ უკუღმართად გამოუვიდოდა; ამიტომ ხმის კანკალით განაგრძო:

„იმის ბოსტანთან ჩავიარე და უნებურად
თვალი მოვკარი — ღვეზელს ჭამდნენ ჭოტი და ტურა.
ტურამ მიირთვა დაბრაწული ქერქი და ხორცი,
ჭოტს კი წილად ხვდა სუფთა თეფში და ხელსახოცი.
როცა ნადიმი გაათავეს, კეთილმა ტურამ
დანა აიღო, ჭოტს კი კოვზი მიართვა ძმურად.
დღე მიიწურა ნელა-ნელა და საღამოთი
ტურამ დესერტად დააყოლა საბრალო ——“

„რა აზრი აქვს მაგ სისულელეების ჩმახვას, თუკი არაფერს განგვიმარტავ?!“ გააწყვეტინა ვითომკუმ; „ასეთი უაზრობა ჩემს დღეში არ მომისმენია!“

„ჰო, მგონი, მართლაც უკეთესი იქნება, თუ გაჩუმდები,“ უთხრა გრიფონმა და ელისსაც სწორედ ეს უნდოდა.

„ხომ არ გინდა, კიდევ გიცეკვოთ?“ შესთავაზა გრიფონმა, „ან იქნებ გირჩევნია, ვითომკუმ სხვა რამე გიმღეროს?“

„სიმღერა მირჩევნია, თუ თქვენი ნება იქნება!“ ისე მოუთმენლად წამოიძახა ელისმა, რომ გრიფონმა, ცოტა არ იყოს, იწყინა და ჩაიბურტყუნა: „ჰმ, კაცია და გუნებაო. მოდი ერთი, ძმობილო, უმღერე ამას ‚*კუს წვენი*‘!“

ვითომკუმ ღრმად ამოიოხრა და ხმის კანკალით წამოიწყო სიმღერა. მღელვარებისაგან შიგადაშიგ ხმა უწყდებოდა და ყელში ცრემლი ეჩხირებოდა:—

„მშვენიერი წვენი, მსუქანი და მწვანე,
გელის ჯამში, ჭამე, გემო ჩაატანე!
ვის არ მოუნდება, ბავშვია თუ ბრძენი,
ვახშმად ცხელი წვენი, მშვენიერი წვენი!
ვახშმად ცხელი წვენი, მშვენიერი წვენი!
მშვეე—ეენიეე—ეერი წვეე—ეენი!
მშვეე—ეენიეე—ეერი წვეე—ეენი!
ვაა—ახშმად ცხეე—ეელი წვეე—ეენი,
მშვენიერი, მშვენიერი წვენი!

„მშვენიერი წვენი! ვიღას ახსოვს თევზი,
ანდა ქათმის ხორცი?! მოამზადე კოვზი!
კაცი უმალ დათმობს ყველას, ოღონდ მშვენი-
ერი წვენი ხვრიპოს, მშვენიერი წვენი!
მშვეე—ეენიეე—ეერი წვეე—ეენი!
მშვეე—ეენიეე—ეერი წვეე—ეენი!
ვაა—აახშმად ცხეე—ეელი წვეე—ეენი,
მშვენიერი, მშვენიერი ᲬᲕᲔᲜᲘ!“

„მისამღერი გაიმეორე!“ იღრიალა გრიფონმა. ვითომკუმ, ის-ის იყო, კვლავ დააღო პირი, რომ ამ დროს შორს გაისმა ძახილი: „სასამართლო მობრძანდება!“

„აბა, მომყევი!“ დაიქუხა გრიფონმა, ელისს ხელი ჩაჰკიდა და იქით გააქცუნა; სიმღერის დამთავრებისთვის აღარ მოუცდია.

„ვის ასამართლებენ?“ ქოშინით იკითხა ელისმა, მაგრამ გრიფონმა პასუხის მაგივრად ისევ დაიძახა: „აბა, მომყევი!“ და კიდევ უფრო აუჩქარა ნაბიჯს. ამასობაში კი სულ უფრო და უფრო ყრუდ მოისმოდა ზღვის სიოს მიერ მოტანილი სევდიანი სიტყვები:—

ვაა—აახშმად ცხეე—ეელი წვეე—ეენი,
მშვენიერი, მშვენიერი წვენი!“

თავი XI

ვინ მოიპარა კვერები?

გულის მეფე და დედოფალი ტახტზე ისხდნენ. ირგვლივ შეგროვილიყო ათასგვარი პატარა ცხოველი და ფრინველი, აგრეთვე დარჩენილი კარტების დასტა. ტახტის წინაშე ჯაჭვებით დაბმული ვალეტი იდგა ორ მცველს შუა. მეფის ამალაში თეთრი კურდღელიც ერია: ცალ ხელში საყვირი ეჭირა, მეორეში კი პერგამენტის გრაგნილი. დარბაზის შუაგულში იდგა მაგიდა, ზედ დიდი სინი, სინზე კი კვერები ეწყო. ეს კვერები ისე მადის აღმძვრელად გამოიყურებოდა, რომ ელისს, რომელიც, ის-ის იყო, დარბაზში შემოვიდა გრიფონთან ერთად, ნერწყვი მოადგა. „ნეტა მალე მორჩებოდნენ ამ გასამართლებას და ტკბილეულობას ჩამოგვირიგებდნენ," გაიფიქრა. მაგრამ საამისო პირი არაფერს უჩანდა; ამიტომ გოგონამ დროის მოსაკლავად აქეთ-იქით ყურება და ყველაფრის გულდასმით თვალიერება დაიწყო.

ელისი ადრე არასოდეს ყოფილა სასამართლოში, თუმცა კი წიგნებიდან იცოდა ზოგი რამ მის შესახებ და ძალიან ესიამოვნა, როცა აღმოაჩინა, რომ თითქმის ყველაფრის სახელი ახსოვდა. „ეს მოსამართლეა," თავისთვის ჩაილაპარაკა, „რადგანაც, აი, ეს დიდი პარიკი ადევს თავზე."

სხვათა შორის, მოსამართლე თავად მეფე გახლდათ და ვინაიდან გვირგვინი ზედ პარიკზე დაეკოსებინა (დახედე ფრონტისპისს, თუ გინდა ნახო, როგორ გამოიყურებოდა), არც ისე

მოხერხებულად გრძნობდა თავს, თანაც ერთობ უშნო შესახედავი იყო.

„ეს ნაფიც მსაჯულთა სკამია,“ განაგრძო ელისმა, „ეს თორმეტი არსება კი“ (მას მოუხდა ეთქვა „არსება“, ვინაიდან მათი ნაწილი ცხოველები იყო, ნაწილი კი ფრინველები), „ჩემი აზრით, ნაფიც მსაჯულთა კოლეგიის წევრები უნდა იყვნენ.“ ბოლო სიტყვები ელისმა სიამაყით გაიმეორა გულში, რადგან ფიქრობდა (და სრულიად სამართლიანადაც!), რომ მისი ასაკის გოგონებმა იშვიათად თუ იცოდნენ ამ სიტყვების მნიშვნელობა; თუმცა, კაცმა რომ თქვას, მხოლოდ „ნაფიცი მსაჯულები“ რომ ეთქვა, ისიც იკმარებდა.

თორმეტივე ნაფიცი მსაჯული გაფაციცებით იწერდა რაღაცას პატარა დაფებზე. „რას შვრებიან?“ ჩურჩულით ჰკითხა გრიფონს ელისმა, „რა აქვთ საწერი, სასამართლოს სხდომა ხომ ჯერ არც კი დაწყებულა?“

„თავიანთ სახელებს იწერენ,“ ჩურჩულითვე მიუგო გრიფონმა, „ეშინიათ, სასამართლოს დაწყებამდე არ დაავიწყდეთ.“

„ბრიყვები!“ აღშფოთებით წამოიძახა ელისმა, მაგრამ სასწრაფოდ გაიკმინდა ხმა, ვინაიდან თეთრმა კურდღელმა იყვირა: „სიჩუმე იყოს დარბაზში!“ მეფემ კი სათვალე წამოიცვა და შეშფოთებით მიმოავლო დარბაზს თვალი იმის გამოსარკვევად, თუ ვინ ლაპარაკობდა.

ელისმა, თითქოს ნაფიცი მსაჯულების ზურგს უკან მდგარიყო, თავისი ადგილიდან ნათლად დაინახა, რომ მათ ერთდროულად დაწერეს დაფებზე „ბრიყვები!“ ისიც კი შენიშნა, რომ ერთმა მათგანმა არ იცოდა, როგორ იწერება ეს სიტყვა და ცდილობდა, მეზობლისაგან გადაეწერა. „წარმომიდგენია, რას დაემსგავსება მათი დაფები სხდომის ბოლოსთვის!“ გაიფიქრა ელისმა.

ერთ-ერთი ნაფიცი მსაჯულის გრიფელი წერისას ძალიან წრიპინებდა. ამის ატანა ელისს, *ცხადია*, არ შეეძლო; ამიტომ დარბაზში გამოიარა, ზურგს უკან დაუდგა მსაჯულს და დრო რომ იხელთა, ფანქარი ააცალა; თან ისე სწრაფად, რომ საბრალო პატარა მსაჯული (ეს კი ხვლიკი ბილი გახლდათ) ვერც კი მიხვდა, რა დაემართა. აქეთ ეძება, იქით ეძება, და რომ ვერ იპოვა, იძულებული გახდა, ბოლოს თითით გაეგრძელებინა წერა. ამას კი დიდი აზრი არ ჰქონდა, რადგან თითი კვალს არ ტოვებდა დაფაზე.

„ჰეროლდმა ბრალდება წაიკითხოს!“ ბრძანა მეფემ.

ამ სიტყვების გაგონებაზე თეთრმა კურდღელმა სამჯერ ჩაჰბერა საყვირს, შემდეგ პერგამენტის გრაგნილი გაშალა და წაიკითხა:—

„გულის ქალმა, ჰერი, ჰერი, გამოაცხო ექვსი კვერი,
ზაფხულის ერთ მზიან დღეს.
ვალეტმა კი, ჰერი, ჰერი, მოიპარა ყველა კვერი,
კვალსაც ვერსად მიაგნეს.“

„გამოიტანეთ განაჩენი,“ უთხრა მეფემ მსაჯულთა კოლეგიას.

„ჯერ არა, ჯერ არა!“ სასწრაფოდ გააწყვეტინა თეთრმა კურდღელმა; „განაჩენამდე კიდევ დიდი გზა გვიდევს!“

„პირველ მოწმეს უხმეთ,“ ბრძანა მეფემ. თეთრმა კურდღელმა სამჯერ ჩაჰბერა საყვირს და ხმამაღლა გამოაცხადა: „პირველი მოწმე!“

პირველი მოწმე მექუდე აღმოჩნდა. დარბაზში რომ შემოვიდა, ცალ ხელში ჩაის ფინჯანი ეჭირა, მეორეში კი კარაქიანი პური. „გთხოვთ მაპატიოთ, თქვენო უდიდებულესობავ, ამიანად რომ

გამოვცხადდი," წამოიწყო მან, „მაგრამ როცა მომაკითხეს, შუა ჩაის სმაში გახლდით და ვეღარ მოვასწარი დამთავრება."

„უნდა მოგესწრო," უთხრა მეფემ, „როდის დაიწყე?"

მექუდემ გადახედა მარტის კურდღელს, რომელიც ძილგუდასთან ხელიხელგაყრილი უკან მოსდევდა. „მე *მგონი*, მარტის თოთხმეტი იქნებოდა," თქვა მერე.

„თხუთმეტი," ჩაურთო მარტის კურდღელმა.

„თექვსმეტი," დაამატა ძილგუდამ.

„ჩაიწერეთ ეს ყველაფერი," მიმართა მეფემ ნაფიც მსაჯულებს. იმათაც დიდი გულმოდგინებით დაწერეს ეს თარიღები თავიანთ დაფებზე, შემდეგ რიცხვები შეკრიბეს, ჯამი კი შილინგებზე და პენსებზე გადაიყვანეს.

„მოიხადე ეგ შენი ქუდი!" უბრძანა მეფემ მექუდეს.

„ჩემი არ არის," თქვა მექუდემ.

„*მოპარულია!*" შეჰყვირა მეფემ და მიუბრუნდა ნაფიც მსაჯულებს, რომლებმაც დაუყოვნებლივ ჩაიწერეს ეს ფაქტი.

„გასაყიდად მაქვს," აუხსნა მექუდემ, „ჩემი საკუთარი არც გამაჩნია. მე ხომ მექუდე ვარ."

აქ დედოფალმა სათვალე წამოიცვა და ისე დაჟინებით მიაჭყიტა თვალები მექუდეს, რომ საბრალომ ფერი დაკარგა და აწრიალდა.

„მოგვეცი ჩვენება," უთხრა მეფემ მკაცრად, „და ნუ ღელავ, თორემ ვბრძანებ, აქვე წაგაცალონ თავი."

ამ ნათქვამმა, როგორც ჩანს, მოწმე მაინცდამაინც ვერ გაამხნევა. იგი კვლავინდებურად ცმუკავდა და ტოკავდა ერთ ადგილზე, თან შეშფოთებით იყურებოდა დედოფლისკენ. საბრალოს ისე წაუხდა საქციელი, რომ ბუტერბროდის ნაცვლად თავის ფინჯანს მოაკბიჩა დიდი ნაჭერი.

სწორედ ამ დროს ელისი ძალიან უცნაურმა გრძნობამ შეიპყრო. კარგა ხანს იყო ჩავარდნილი საგონებელში, რა მემართებაო. ბოლოს მიხვდა, რომ იზრდებოდა. ჯერ იფიქრა, ავდგები და დარბაზიდან გავალო, მაგრამ მერე გადაწყვიტა, დარჩენილიყო, სანამ ადგილი ეყოფოდა.

„ნეტა ასე არ მაწვებოდე," ჩაიბუზღუნა ძილგუდამ, რომელიც გვერდით ეჯდა, „ლამის არის, გავიგუდო."

„რა ჩემი ბრალია, ვიზრდები," რბილად შეეპასუხა ელისი.

„*აქ* გაზრდის უფლება არ გაქეს," განუცხადა ძილგუდამ.

„მორჩით მაგ უაზრობის ჩმახვას," გათამამდა ელისი, „თქვენ ხომ მშვენივრად იცით, რომ თავადაც იზრდებით."

„დიახ, ვიზრდები, მაგრამ *გონივრული* სისწრაფით,“ მიუგო ძილგუდამ, „და არა ისე, როგორც *შენ*. ასეთი ზრდა ხომ უბრალოდ სასაცილოა.“ ეს რომ თქვა, გაგულისებული წამოდგა და დარბაზის მეორე ბოლოში გადაჯდა.

მთელი ამ ხნის მანძილზე დედოფალს დაჟინებული მზერა არ მოუცილებია მექუდისთვის და როგორც კი ძილგუდა თავის ახალ ადგილზე მოკალათდა, გასძახა ერთ-ერთ კარისკაცს: „აბა, ერთი, ბოლო კონცერტზე მომღერალთა სია მომირბენინე!“ ამ სიტყვების გაგონებაზე უბედური მექუდე ისე აცახცახდა, რომ ორივე ფეხსაცმელი გასძვრა.

„ჩვენება მოგვეცი-მეთქი!“ გაბრაზებით გაუმეორა მეფემ, „თორემ ახლავე წავაცლევინებ მაგ შენს თავს. არ დავეძებ, ღელავ თუ არა.“

„მე ერთი საწყალი ღარიბი კაცი ვარ, თქვენო უდიდებულესობავ,“ დაიწყო მექუდემ ხმის კანკალით; „ჩაის სმა ჯერ არ მომეთავებინა — ასე, ათიოდე დღის წინ — კარაქიანი პური თითქმის სულ გამოგველია — ლანგარი კი — დანა — დანავარდობდა ზეცაში —“

„რაო? რაებს მიედ-მოედები?“ დანავარდობდაო, თანაც ზეცაში! მაგით რის თქმა გნებავს?“ მკაცრად უთხრა მეფემ; „შენ მე ბრიყვი ხომ არ გგონივარ? თუ მასხრად გინდა ამიგდო? განაგრძე!“

„მე ერთი საწყალი, ღარიბი კაცი ვარ —“ გააგრძელა მექუდემ, „— და მას შემდეგ ყველაფერი სადღაც დანავარდობს. მარტის კურდღელმა კი თქვა —“

„არაფერიც არ მითქვამს!“ სასწრაფოდ გააწყვეტინა მარტის კურდღელმა.

„არა, თქვი!“ დაიჟინა მექუდემ.

„მე უარვყოფ!“ განაცხადა მარტის კურდღელმა.

„უარყოფს,“ თქვა მეფემ, „ეგ ნაწილი ოქმში არ შეიტანოთ.“

„მაშასადამე, ძილგუდას უთქვამს —“ განაგრძო მექუდემ და შეშფოთებით გახედა, ვაითუ, ეგეც უარყოფსო.

მაგრამ ძილგუდა არაფერს უარყოფდა: ღრმა ძილში იყო წასული.

„ამის შემდეგ ცოტაოდენი პური კიდევ ჩამოვიჭერი,“ განაგრძო მექუდემ, „და კარაქი წავუსვი —“

„ძილგუდამ რაღა თქვა?“ ჩაეკითხა ერთ-ერთი მსაჯული.

„ეგ კი აღარ მახსოვს,“ უპასუხა მექუდემ.

„*უნდა* გაიხსენო,“ უთხრა მეფემ, „თუ არადა, თავი მხრებზე არ შეგრჩება.“ საცოდავ მექუდეს ხელიდან გაუვარდა ფინჯანი და კარაქიანი პური და ცალ მუხლზე დაიჩოქა. „მე ერთი საწყალი, ღარიბი კაცი ვარ, თქვენო უდიდებულესობავ,“ წამოიწყო ისევ.

„*მეტყველება* გაქვს ღარიბი,“ მოუჭრა მეფემ.

აქ ერთ-ერთმა ზღვის გოჭმა ტაში შემოჰკრა, მაგრამ იმწამსვე დათრგუნვილ იქნა მეფის კარისკაცების მიერ. (ვინაიდან ეს საკმაოდ რთული სიტყვაა, აგიხსნი, როგორ მოახდინეს ეს საქმე: კარისკაცებს ტილოს დიდი ტომარა ჰქონდათ. ჰოდა, ზღვის გოჭი შიგ ჩატენეს, ტომარას თოკით მოუკრეს პირი და ზედ დაასხდნენ.)

„კარგია, რომ საკუთარი თვალით ვნახე, რა ყოფილა დათრგუნვა,“ გუნებაში თქვა ელისმა, „გაზეთში წამიკითხავს ხოლმე სასამართლოს ანგარიშების ბოლოს: ‚ზოგიერთებმა სცადეს ტაშის დაკვრა, მაგრამ მყისვე დათრგუნვილ იქნენ სასამართლოს მოხელეთა მიერ,‘ და აქამდე არ მესმოდა, რას ნიშნავდა ეს.“

„თუკი სხვა არაფერი იცი ამ საქმის შესახებ,“ განაგრძო მეფემ, „*თავისუფალი* ხარ!“ მერე დინჯად გადაავლო დარბაზს თვალი და ამაყად გამოაცხადა: „მე კი *ხელისუფალი* ვარ!“

აქ კიდევ ერთმა ზღვის გოჭმა შემოჰკრა ტაში და ისიც დათრგუნვილ იქნა.

„მგონი, ზღვის გოჭი მეტი აღარ დარჩა,“ გაიფიქრა ელისმა, „ახლა საქმე უკეთ წავა.“

„სიმართლე გითხრათ, მერჩივნა, ჩაის სმა დამემთავრებინა,“ წაილუღლუღა მექუდემ და შიშით გადახედა დედოფალს, რომელიც მომღერალთა სიას კითხულობდა.

„თავისუფალი ხარ-მეთქი!“ გაუმეორა მეფემ და მექუდეც კისრისტეხით გავარდა დარბაზიდან, ისე, რომ ფეხსაცმელები არც კი ჩაუცვამს.

„— და წააცალეთ მაგას გარეთ თავი!“ დააყოლა დედოფალმა; მაგრამ მექუდე უკვე შორს იყო.

„შემდეგ მოწმეს უხმეთ!“ ბრძანა მეფემ.

შემდეგი მოწმე დუკასქალის მზარეული გახლდათ. ხელში პილპილით სავსე კოლოფი ეჭირა და დარბაზის კართან მსხდომ ხალხს ცემინება აუტყდა ჯერ კიდევ მის შემოსვლამდე. ელისი იმწამსვე მიხვდა, ვინ უნდა შემოსულიყო.

„აბა, მოგვეცი შენი ჩვენება!“ მიმართა მეფემ.

„მეტი საქმე არა მაქვს,“ მიუგო მზარეულმა.

მეფემ შეშფოთებით გადახედა თეთრ კურდღელს. „საჭიროა, *ამ* მოწმეს ჯვარედინი დაკითხვა ჩაუტაროთ, თქვენო უდიდებულესობავ,“ ხმადაბლა ჩაულაპარაკა კურდღელმა.

„თუკი საჭიროა, ესე იგი საჭიროა,“ ჩაიბუტბუტა მეფემ უხალისოდ; მერე ჯვარედინად დაიკრიფა გულზე ხელები, კოპები შეკრა და იმდენ ხანს უბღვირა მზარეულს, რომ კინაღამ თვალები გადმოსცვივდა უპეებიდან. „რისგან ამზადებენ კვერებს?“ ჰკითხა ბოლოს ბოხი ხმით.

„უმეტესად პილპილისგან,“ მიუგო მზარეულმა.

„ფელამუშისაგან,“ მოესმათ ზურგს უკნიდან ვიღაცის ნამძინარევი ხმა.

„შეიპყარით ეს ძილგუდა!“ აწივლდა დედოფალი, „წააცალეთ მაგ ძილგუდას თავი! გააძევეთ დარბაზიდან! დათრგუნეთ! უჩქმიტეთ! დააგლიჯეთ ულვაშები!“

ატყდა ერთი ორომტრიალი. ყველა ძილგუდას დასდევდა დასაჭერად. საბოლოოდ გააგდეს დარბაზიდან და თავ-თავიანთ ადგილებს დაუბრუნდნენ. მაგრამ გამოირკვა, რომ მზარეული ამასობაში აორთქლებულიყო.

„არა უშავს რა!“ შვებით ამოისუნთქა მეფემ, „შემდეგ მოწმეს უხმეთ! ჩემო ძვირფასო, ახლა *შენ* ჩაუტარე მაგას ჯვარედინი დაკითხვა,“ ხმადაბლა ჩაულაპარაკა დედოფალს, „თორემ მე მართლა ძალიან ამტკივდა შუბლი.“

თეთრმა კურდღელმა ქაღალდები ამოალაგა და შიგ ქექვას მოჰყვა. ელისი დიდი ცნობისმოყვარეობით ადევნებდა თვალს, ნეტავი შემდეგი მოწმე ვინ იქნებაო. „*ჯერჯერობით* ბევრი ჩვენება ვერ შეაგროვეს,“ შენიშნა. წარმოიდგინეთ მისი განცვიფრება, როცა თეთრმა კურდღელმა თავისი გამკივანი ხმით ამოიკითხა სახელი: „ელისი!“

თავი XII

ელისის ჩვენება

„აქ ვარ!“ ხმამაღლა დაიძახა ელისმა. აღელვებისაგან სრულიად გადაავიწყდა, რამოდენა გაზრდილიყო ბოლო წუთების განმავლობაში და ისე სწრაფად წამოდგა, რომ კაბის კალთა წამოსდო ნაფიც მსაჯულთა სკამს და გადააყირავა. ნაფიცი მსაჯულები ზედ თავზე დააცვივდნენ ქვემოთ მსხდომ ხალხს. იქ ისეთი ფართხალი ატყდა, რომ ელისს გაახსენდა ოქროს თევზებიანი აკვარიუმი, უნებურად რომ გადააბრუნა ერთი კვირის წინათ.

„ოჰ, *გთხოვთ*, მაპატიოთ!“ შეჰყვირა შეშინებულმა და სასწრაფოდ დაიწყო მათი აკრეფა. ოქროს თევზების ამბავი კვლავ გონებაში უტრიალებდა და არ ასვენებდა ბუნდოვანი ფიქრი, თუ დროულად არ შევაგროვებ და თავიანთ ადგილებზე არ დავაბრუნებ, ყველა დაიხოცებაო.

„პროცესი ვერ გაგრძელდება მანამ, სანამ ყველა მსაჯული კუთვნილ ადგილს არ დაიკავებს!“ ბრძანა მეფემ უაღრესად მკაცრი ტონით, „*ყველა*!“ გაიმეორა ხაზგასმით და თან ელისს მიაჩერდა.

ელისმა გადახედა მსაჯულთა სკამს და დაინახა, რომ სიჩქარეში თავდაყირა ჩაუსვამს ხვლიკი. საბრალო პატარა არსება უმწეოდ იქნევდა კუდს და ამაოდ ცდილობდა გადმობრუნებას. გოგონა მიეშველა და ამჯერად სწორად დასვა. „ისე კი, არა მგონია, ამას *დიდი* მნიშვნელობა ჰქონდეს,“ გაიფიქრა ელისმა,

„გინდ სწორად იჯდეს, გინდ თავდაყირა, მგონი, ამ სასამართლოს მაინც არაფრად არგია.“

როგორც კი კოლეგიის წევრები გონს მოეგნენ ასეთი შერყევის შემდეგ, ხოლო დაფები და გრიფელები მოუძებნეს და დაუბრუნეს, ისინი ძალიან გულმოდგინედ შეუდგნენ მომხდარის აღწერას; ყველანი, ხვლიკის გარდა, რომელიც ამ ამბავმა ისე გამოათაყვანა, რომ არაფრის თავი აღარ ჰქონდა: პირდაღებული იჯდა და ჭერს მისჩერებოდა.

„რა იცი ამ საქმის თაობაზე?“ ჰკითხა მეფემ ელისს.

„არაფერი,“ თქვა ელისმა.

„*სულ* არაფერი?“ ჩაეკითხა მეფე.

„სულ არაფერი,“ გაუმეორა გოგონამ.

„ეს ძალიან მნიშვნელოვანი ჩვენებაა,“ გამოაცხადა მეფემ მსაჯულთა გასაგონად. ისინიც მაშინათვე შეუდგნენ ამ სიტყვების ჩაწერას თავიანთ დაფებზე, მაგრამ თეთრმა კურდღელმა

შეაწყვეტინა: „თქვენს უდიდებულესობას, რასაკვირველია, სურდა ეთქვა, ‚*უმნიშვნელო*‘, ხომ?“ უთხრა მოწიწებით, თუმცა ამ ლაპარაკში შუბლს იჭმუხნიდა და სახეს მანჭავდა.

„*უმნიშვნელოა*, დიახ, სწორედ მაგის თქმა მსურდა,“ სასწრაფოდ გაიმეორა მეფემ და დაიწყო ცხვირში ბუტბუტი: „მნიშვნელოვანია — უმნიშვნელოა, — მნიშვნელოვანია — უმნიშვნელოა —“ თითქოს ამოწმებდა, რომელი სიტყვა უკეთ ჟღერდა.

ზოგიერთმა მსაჯულმა ჩაიწერა „მნიშვნელოვანია“, ზოგიერთმა კი „უმნიშვნელოა“. ელისმა კარგად დაინახა ეს თავისი ადგილიდან; ისე ახლოს იდგა, რომ ზემოდან დაჰყურებდა დაფებს. „ნამდვილი უაზრობაა,“ გაიფიქრა.

და სწორედ იმწუთას, მეფემ, რომელიც მანამდე გაფაციცებით იწერდა რაღაცას თავის წიგნაკში, ხმამაღლა დაიძახა: „სიჩუმე!“ მერე იმ წიგნაკიდან ამოიკითხა: „კანონი ორმოცდამეორე: *ერთ მილზე მაღალი ყველა პირი ვალდებულია, დატოვოს დარბაზი.*“

ყველანი ელისს მიაჩერდნენ.

„მე არ ვარ ერთი მილის სიმაღლე,“ იუარა მან.

„ხარ,“ უთხრა მეფემ.

„ასე, ორი მილი იქნები,“ დააზუსტა დედოფალმა.

„მე მაინც არსად წავალ,“ განაცხადა ელისმა, „თანაც ეგ თქვენი კანონი ნამდვილი არ არის. ამწუთას გამოიგონეთ.“

„ეს უძველესი კანონია ამ წიგნში,“ თქვა მეფემ.

„მაშინ ორმოცდამეორე კი არა, პირველი უნდა ყოფილიყო,“ შენიშნა ელისმა.

მეფე გაფითრდა და სასწრაფოდ დახურა წიგნაკი. „გამოიტანეთ განაჩენი,“ ხმის კანკალით მიმართა ნაფიც მსაჯულებს.

„თუ თქვენი უდიდებულესობა ინებებს, კიდევ გვაქვს ერთი სამხილი,“ სასწრაფოდ წამოიჭრა ფეხზე თეთრი კურდღელი; „ახლახან ჩაგვივარდა ხელში ეს დოკუმენტი.“

„რა წერია შიგ?“ იკითხა დედოფალმა.

„ჯერ არ ჩამიხედავს,“ მოახსენა თეთრმა კურდღელმა, „მაგრამ, როგორც ჩანს, წერილი უნდა იყოს, რომელიც პატიმარს მიუწერია ვი — ვიღაცისთვის.“

„ასეც უნდა ყოფილიყო,“ გამოცოცხლდა მეფე, „ჩვეულებრივ, *არავის* იშვიათად სწერენ ხოლმე.“

„ვისი მისამართითაა დაწერილი?“ იკითხა ერთ-ერთმა მსაჯულმა.

„არც არავისი,“ მიუგო თეთრმა კურდღელმა, „ყოველ შემთხვევაში *გარედან* არაფერი აწერია.“ ამ ლაპარაკში

ქაღალდი გაშალა და დაამატა: „ეს წერილიც კი არ არის, ლექსია.“

„ხელწერა განსასჯელისაა?“ ჰკითხა მეორე ნაფიცმა მსაჯულმა.

„არა, არ არის,“ თქვა თეთრმა კურდღელმა, „და სწორედ ეგ გახლავთ ყველაზე საეჭვო გარემოება ამ საქმეში.“ (ნაფიცი მსაჯულები გაშრნენ.)

„მაშასადამე, ხელწერა გაუყალბებია!“ განაცხადა მეფემ. (ნაფიცი მსაჯულები გაიბადრნენ.)

„ნება მიბოძეთ, მოგახსენოთ, თქვენო უდიდებულესობავ,“ თქვა ვალეტმა, „ეგ ჩემი დაწერილი არ არის და ვერავინ დამიმტკიცებს, რომ დავწერე: ბოლოში ხელმოუწერელია.“

„თუ ხელი არ მოგიწერია, ეგ კიდევ უფრო მეტად ამძიმებს შენს დანაშაულს,“ უთხრა მეფემ, „*ჩანს*, ავი განზრახვა გედო გულში, თორემ ხომ მოაწერდი კიდეც ხელს, როგორც პატიოსან კაცს შეშვენის?“

აქ დარბაზმა ერთხმად დაუკრა ტაში; ეს იმ დღეს მეფის მიერ ნათქვამი პირველი ჭკვიანური სიტყვა გახლდათ.

„ეს *ამტკიცებს* მის დანაშაულს,“ თქვა დედოფალმა, „ჰოდა, გააგდებინეთ მაგას —“

„სულაც არ ამტკიცებს!“ წამოიძახა ელისმა, „თქვენ ხომ ჯერ არც კი იცით, შიგ რა წერია!“

„წაიკითხეთ,“ ბრძანა მეფემ.

თეთრმა კურდღელმა სათვალე წამოიცვა. „რას მიბრძანებთ, საიდან დავიწყო, თქვენო უდიდებულესობავ?“ ჰკითხა მეფეს.

„დაიწყე სულ თავიდან,“ დაფიქრებით თქვა მეფემ, „და გააგრძელე კითხვა მანამ, სანამ ბოლოში ჩახვიდოდე. მერე გაჩერდი.“

დარბაზში სამარისებური სიჩუმე ჩამოვარდა და თეთრმა კურდღელმა ეს ლექსი წაიკითხა:—

„მათ მითხრეს, რომ შენ მასთან იყავი
და მეც მახსენე მაშინ.
ჩემზე თქვა: ‚კარგად უჭირავს თავი,
მაგრამ ვერ ცურავს წყალში.‘

იმათ შეიტყვეს, რომ მასთან გელი
(ეს ყველამ დაიჯერა),
თუ მან ამ საქმეს მოჰკიდა ხელი,
რაღა გიშველის მერე?

მას ცხრა მივეცი, მან კი თქვენ — ათი,
შენ ოცი უძღვენ იმათ.
ისევ შენ გერგო ნაქონი მათი,
რაც ჩემი იყო წინათ.

ვერას გავხდებით ჩვენ მის გარეშე!
მე ერთხელ ადრეც ვთქვი ეს.
კიდევ კარგი, რომ ამ ბნელ საქმეში
მათ ჩვენ ვერ ჩაგვითრიეს.

მე დღესაც მწამს, რომ სწორედ შენ გამო
(როცა ცოფები ყარე)
ვუთხარი იმას: „რას უცდი, წამო!“
და ხიფათს გადავყარე.

მე გუშინ მივხვდი, რომ მან მას ავნო
(საგულეს ჩადექ, გულო!),
შენც არავისთან არ გაამჟღავნო
ეს ჩვენი საიდუმლო!“

„ეს უმნიშვნელოვანესი სამხილია მათ შორის, რაც კი აქამდე მოვისმინეთ,“ ხელების ფშვნეტით წარმოთქვა მეფემ, „ასე რომ, ნაფიც მსაჯულებს წინადადება ეძლევათ გამოიტანონ განაჩ —“

„თუ რომელიმე მათგანი შეძლებს ამის განმარტებას,“ გააწყვეტინა ელისმა (ბოლო რამდენიმე წუთში იმხელა გაზრდილიყო, რომ სულაც აღარ ეშინოდა მეფესთან შეკამათების), „ექვსპენიანს მიიღებს ჩემგან. *მე* ვერ დავიჯერებ, რომ მაგ ლექსში აზრის ნატამალი მაინც დევს.“

ყველა მსაჯულმა მაშინვე ჩაიწერა თავის დაფაზე: „მას არ სჯერა, რომ ამ ლექსში აზრის ნატამალი მაინც დევს.“ მაგრამ არც ერთს არ უცდია განმარტება.

„თუ ლექსში არავითარი აზრი არ არის,“ ბრძანა მეფემ, „ეგ მხოლოდ აიოლებს ჩვენს საქმეს. მაშინ ხომ აზრის ძებნაც აღარ მოგვიწევს —“ მერე მუხლებზე გაშალა გრაგნილი და ცალი თვალით ჩაიჭყიტა შიგ. „და მაინც, რა ვიცი,“ დაამატა, „მე თითქოს ვხედავ გარკვეულ აზრს: ‚*მაგრამ ვერ ცურავს წყალში,*‘ შენ ხომ ვერ ცურავ წყალში?“ მიუბრუნდა მეფე ვალეტს.

ვალეტმა სევდიანად გაიქნია თავი და ჩაილუღლუღა: „აბა, განა მე ვგავარ მოცურავეს?“ (და მართლაც რომ არ ჰგავდა: ის ხომ მთლიანად მუყაოსი იყო.)

„ძალიან კარგი, მაშ,“ თქვა მეფემ და კვლავ მოჰყვა თავისთვის ბუტბუტს: „*‚ეს ყველამ დავიჯერეთ‘* — მსაჯულებმა, რასაკვირველია — *‚თუ მან ამ საქმეს მოჰკიდა ხელი‘* — ეს დედოფალზეა ნათქვამი — *‚რაღა გიშველის მერე?‘* — მართლაცდა, რა, საკითხავია! — *‚მას ცხრა მივეცი, მან კი თქვენ ათი‘* — აჰა, აი, კვერების ამბავიც გაირკვა —“

„მაგრამ შემდეგ ხომ ნათქვამია: *‚ისევ შენ გერგო ნაქონი მათი‘*,“ სიტყვა გააწყვეტინა ელისმა.

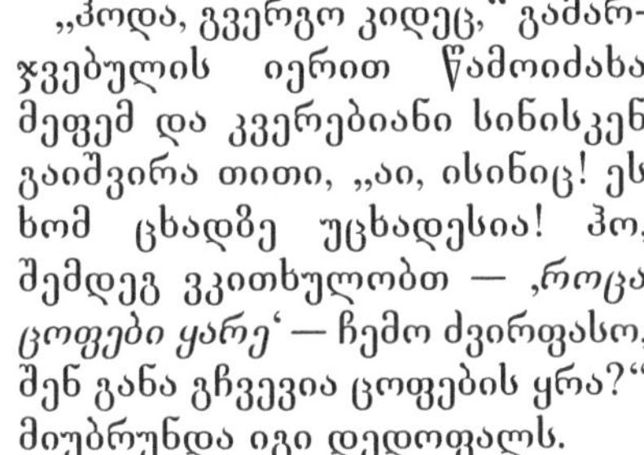

„ჰოდა, გვერგო კიდეც,“ გამარჯვებულის იერით წამოიძახა მეფემ და კვერებიანი სინისკენ გაიშვირა თითი, „აი, ისინიც! ეს ხომ ცხადზე უცხადესია! ჰო, შემდეგ ვკითხულობთ — *‚როცა ცოფები ყარე‘* — ჩემო ძვირფასო, შენ განა გჩვევია ცოფების ყრა?“ მიუბრუნდა იგი დედოფალს.

„მე? არასოდეს!“ გაშმაგებით დასჭყივლა დედოფალმა და სამელნე გაუქანა ხვლიკს (უბედურ პაწია ბილს თავი დაენებებინა წერისთვის, რაკი დარწმუნდა, რომ თითი დაფაზე კვალს აღარ ტოვებდა, ახლა კი ჩააწო თითი მელანში, რომელიც წურწურით ჩამოსდიოდა სახეზე და კვლავ შეუდგა საქმეს.)

„აჰა, გასაგებია, შენ სამელნეების *ყრა* გირჩევნია,“ თქვა მეფემ და ღიმილით გადახედა დარბაზს. იქ სრულ სიჩუმეს დაესადგურებინა.

„ეს მოსწრებული ოხუნჯობაა!“ გაჯავრებით წამოიძახა მეფემ და იმავე წამს ყველამ ერთხმად გადაიხარხარა. „ნაფიც მსაჯულებს წინადადება ეძლევათ, გამოიტანონ განაჩენი,“ ისევ თქვა მეფემ, იმ დღეს ალბათ უკვე მეოცედ.

„არა, არა!“ ჩაერია დედოფალი, „პირველად სიკვდილით დასჯა. განაჩენი მერეც მოესწრება.“

„რა სისულელეა!“ ხმამაღლა დაიძახა ელისმა, „სად გაგონილა სასჯელი მსჯავრის გამოტანამდე!“

„ხმა გაიკმინდე!“ უთხრა დედოფალმა და გაჭარხლდა.

„არ გავიკმენდ!“ შეეპასუხა ელისი.

„გააგდებინეთ მაგას თავი!“ მთელი ხმით აკივლდა დედოფალი, მაგრამ არავინ განძრეულა.

„ვის ეშინია თქვენი?“ გათამამდა ელისი (ამასობაში იგი თავის ჩვეულ სიმაღლემდე გაზრდილიყო). „თქვენ ხომ უბრალო კარტის დასტა ხართ და მეტი არაფერი!“

ამ დროს მთელი დასტა ჰაერში აიშალა და ელისს სახეში შეაფრინდა. გოგომ შეჰკივლა, ნაწილობრივ შიშითა და ნაწილობრივ გაბრაზებით, მერე კი ხელების ქნევით შეეცადა მათ მოგერიებას და — უცბად აღმოაჩინა, რომ მდინარის ნაპირზე იწვა და მოხერხებულად ედო თავი დის კალთაში, რომელიც ნაზი მოძრაობით აცილებდა სახიდან გამხმარ ფოთლებს, იქვე მდგარი ხეებიდან ფარფატით რომ ეშვებოდა ძირს.

„ელის, საყვარელო, გაიღვიძე!“ უთხრა დამ, „რა ხანია, გძინავს.“

„ოჰ, რა საოცარი სიზმარი ვნახე,“ თქვა ელისმა და უამბო დას მთელი თავისი უცნაური თავგადასავალი, რის დამახსოვრებაც შეძლო და რომლის შესახებ შენ ახლახან წაიკითხე თხრობას რომ მორჩა, დამ აკოცა და უთხრა: „მართლაც რომ *უცნაური* სიზმარი გინახავს, საყვარელო. მაგრამ ახლა უკვე გვიანაა. გაიქეცი, შინ ჩაი გელოდება.“ ელისიც წამოხტა და შინისაკენ მოკურცხლა. გზად კი კვლავ თავის საოცარ სიზმარზე ფიქრობდა.

ხოლო ელისის და ისევ მდინარის პირას იჯდა, სახე ხელისგულზე დაეყრდნო და ჩამავალი მზის ცქერით ტკბებოდა. თან ფიქრობდა პატარა ელისზე და მის საოცარ თავგადასავალზე. ნელ-ნელა მასაც მოერია რული და ძილ-ბურანში გახვეულს აი, რა ხილვა ეწვია:

ჯერ თვით პატარა ელისი წარმოუდგა: პაწაწინა ხელები კვლავ შემოხვეოდნენ გოგონას მუხლს; კვლავ ამოხედეს მოელვარე, ცნობისმოყვარე თვალებმა; ჩაესმა ბავშვის ასე ნაცნობი წკრიალა ხმა; დაინახა, ჩვეული მოხდენილი მოძრაობით როგორ გაიქნია თავი, რათა უკან გადაეყარა აბეზარი თმა, *მუდამ* თვალებში რომ ეჩხირებოდა; და იმ დროს, როცა უსმენდა თუ ეჩვენებოდა, რომ უსმენდა პატარა დის მონაყოლს, ირგვლივ ზედიზედ ცოცხლდებოდნენ ელისის სიზმრიდან გადმოსული უცნაური არსებები.

აი, მის ფერხთით ბალახმა გაიშრიალა და თეთრმა კურდღელმა აჩქარებით ჩაურბინა გვერდით; იქვე, შორიახლო, დამფრთხალი თაგვი დგაფუნით მიცურავდა გუბეში; საიდანღაც ფინჯნებისა და ლამბაქების წკარუნიც მოესმა: მარტის კურდღელი და მისი მეგობრები კვლავ შეგროვილიყვნენ ჩაის დაუსრულებელ სუფრასთან; ყურისწამღებად გაჰყვიროდა დედოფალი: უბედური სტუმრების სიკვდილით დასჯას ბრძანებდა; ისევ აუტყდა ცხვირის ცემინება დუკასქალის კალთაში ჩაგორებულ ბავშვსა თუ გოჭს; ირგვლივ კი ლაწალუწით იმსხვრეოდა ჯამ-ჭურჭელი. ჰაერი სხვადასხვა ხმებით გაივსო: გაჰკიოდა გრიფონი, წრიპინებდა ხვლიკის გრიფელი საწერ დაფაზე, ჭყიოდნენ დათრგუნვილი ზღვის გოჭები, შორიდან კი ქარს უბედური ვითომკუს კვნესა-ქვითინის ხმა მოჰქონდა.

ასე იჯდა იგი თვალებდახუჭული და თითქმის დაიჯერა კიდეც, რომ თვითონაც საოცრებათა ქვეყანაში იმყოფებოდა, თუმცა იცოდა, რომ საკმარისი იყო, თვალი გაეხილა და ისევ მოსაწყენ სინამდვილეს დაუბრუნდებოდა: ბალახში მხოლოდ სიო გაიშრიალებდა; ლერწამიც შეირხეოდა და გუბის ზედაპირზე ჭავლს აათამაშებდა; ფინჯნებისა და ლამბაქების წკარუნი ცხვრების კისერზე შებმული ზანზალაკების წკრიალით შეიცვლებოდა, დედოფლის გამკივანი ყვირილი — მწყემსი ბიჭების შეძახილებად; ბავშვის ცხვირის ცემინება, გრიფონის კივილი და სხვა უცნაური ხმები აფუსფუსებული ფერმის საქმიან ჟრიამულად გადაიქცეოდა, ხოლო ნახირის შორეული ზმუილი კი ვითომკუს კვნესას ჩაენაცვლებოდა.

ბოლოს მან წარმოიდგინა, წლების შემდგომ მისი პატარა დაიკო თავად როგორ გადაიქცეოდა მოწიფულ ქალად და ასაკში შესულიც შეინარჩუნებდა ბავშვობისდროინდელ წრფელ, მოსიყვარულე გულს; როგორ შემოიკრებდა გარშემო *სხვა* პატარა ბავშვებს, თვალებს აუნთებდა მრავალი უცნაური ამბის მოყოლით და, იქნებ საოცრებათა სიზმარეული ქვეყნის ძველ ზღაპარსაც მოუთხრობდა; გაიზიარებდა მათ მარტივ საწუხარს და გაიხარებდა მათი მარტივი სიხარულით; თან გაიხსენებდა საკუთარ ბავშვობასა და ზაფხულის ბედნიერ დღეებს.

SOURCES

Alice's Adventures in Wonderland: The Evertype definitive edition, by Lewis Carroll, 2016

Alice's Adventures in Wonderland, illus. June Lornie, 2013

Alice's Adventures in Wonderland, illus. Mathew Staunton, 2015

Alice's Adventures in Wonderland, illus. Harry Furniss, 2016

Through the Looking-Glass and What Alice Found There, by Lewis Carroll 2009

The Nursery "Alice", by Lewis Carroll, 2015

Alice's Adventures under Ground, by Lewis Carroll, 2009

The Hunting of the Snark, by Lewis Carroll, 2010

SEQUELS

A New Alice in the Old Wonderland, by Anna Matlack Richards, 2009

New Adventures of Alice, by John Rae, 2010

Alice Through the Needle's Eye, by Gilbert Adair, 2012

Wonderland Revisited and the Games Alice Played There, by Keith Sheppard, 2009

Alice and the Boy who Slew the Jabberwock, by Allan William Parkes, 2016

SPELLING

Alice's Adventures in Wonderland, Retold in words of one Syllable by Mrs J. C. Gorham, 2010

𐐈𐑊𐐮𐑅'𐑆 𐐈𐐼𐑂𐐯𐑌𐐽𐐲𐑉𐑆 𐐮𐑌 𐐎𐐲𐑌𐐼𐐲𐑉𐑊𐐰𐑌𐐼,
Alice printed in the Deseret Alphabet, 2014

𐐜 𐐐𐐲𐑌𐐻𐐮𐑍 𐐲𐑂 𐑄 𐐝𐑌𐐪𐑉𐐿,
The Hunting of the Snark printed in the Deseret Alphabet, 2016

𐐛𐑉𐐭 𐑄 𐐢𐐳𐐿𐐮𐑍-𐐘𐑊𐐰𐑅 𐐰𐑌𐐼 𐐐𐐶𐐲𐐻 𐐈𐑊𐐮𐑅 𐐙𐐵𐑌𐐼 𐐜𐐯𐑉,
Looking-Glass printed in the Deseret Alphabet, 2016

Alice's Adventures in Wonderland,
Alice printed in Dyslexic-Friendly fonts, 2015

[illegible],
Alice printed in a font that simulates Dyslexia, 2015

[illegible],
Alice printed in the Ewellic Alphabet, 2013

'Ælısız Əd'ventʃəz ın 'Wʌndəˌlænd,
Alice printed in the International Phonetic Alphabet, 2014

Alis'z Advnčrz in Wunḍland, *Alice* printed in the N̄spel orthography, 2015

[illegible],
Alice printed in the Nyctographic Square Alphabet, 2011

[illegible], *Alice* printed in the Shaw Alphabet, 2013

ALISIZ ADVENCƎRZ IN WUNDRLAND,
Alice printed in the Unifon Alphabet, 2014

[illegible] (Aliz kalandjai Csodaországban),
The Hungarian *Alice* printed in Old Hungarian script, tr. Anikó Szilágyi, 2016

Scholarship

Reflecting on Alice: A Textual Commentary on *Through the Looking-Glass*, by Selwyn Goodacre, 2016

Elucidating Alice: A Textual Commentary on *Alice's Adventures in Wonderland*, by Selwyn Goodacre, 2015

Behind the Looking-Glass: Reflections on the Myth of Lewis Carroll, by Sherry L. Ackerman, 2012

Selections from the Lewis Carroll Collection of Victoria J. Sewell, compiled by Byron W. Sewell, 2014

Social Commentary

Clara in Blunderland, by Caroline Lewis, 2010

Lost in Blunderland: The further adventures of Clara, by Caroline Lewis, 2010

John Bull's Adventures in the Fiscal Wonderland, by Charles Geake, 2010

The Westminster Alice, by H. H. Munro (Saki), 2010

Alice in Blunderland: An Iridescent Dream,
by John Kendrick Bangs, 2010

Simulations

Davy and the Goblin, by Charles Edward Carryl, 2010

The Admiral's Caravan, by Charles Edward Carryl, 2010

Gladys in Grammarland, by Audrey Mayhew Allen, 2010

Alice's Adventures in Pictureland, by Florence Adèle Evans, 2011

Folly in Fairyland, by Carolyn Wells, 2016

Rollo in Emblemland, by J. K. Bangs & C. R. Macauley, 2010

Phyllis in Piskie-land, by J. Henry Harris, 2012

Alice in Beeland, by Lillian Elizabeth Roy, 2012

Eileen's Adventures in Wordland, by Zillah K. Macdonald, 2010

Alice and the Time Machine, by Victor Fet, 2016

Алиса и Машина Времени (Alisa i Mashina Vremeni),
Alice and the Time Machine in Russian, tr. Victor Fet, 2016

Sewelliana

Sun-hee's Adventures Under the Land of Morning Calm,
by Victoria J. Sewell & Byron W. Sewell, 2016

선희의 조용한 아침의 나라 모험기
(Seonhuiui joyonghan achim-ui nala moheomgi),
Sun-hee in Korean, tr. Miyeong Kang, 2016

Alix's Adventures in Wonderland:
Lewis Carroll's Nightmare, by Byron W. Sewell, 2011

Álobk's Adventures in Goatland, by Byron W. Sewell, 2011

Alice's Bad Hair Day in Wonderland, by Byron W. Sewell, 2012

The Carrollian Tales of Inspector Spectre, by Byron W. Sewell, 2011

The Annotated Alice in Nurseryland, by Byron W. Sewell, 2016

The Haunting of the Snarkasbord, by Alison Tannenbaum, Byron W. Sewell, Charlie Lovett, & August A. Imholtz, Jr, 2012

Snarkmaster, by Byron W. Sewell, 2012

In the Boojum Forest, by Byron W. Sewell, 2014

Murder by Boojum, by Byron W. Sewell, 2014

Close Encounters of the Snarkian Kind, by Byron W. Sewell, 2016

Translations

Кайкалдыҥ Јеринде Алисала болгон учуралдар (Kaykaldıñ Cerinde Alisala bolgon uçuraldar), *Alice* in Altai, tr. Küler Tepukov, 2016

Alice's Adventures in An Appalachian Wonderland, *Alice* in Appalachian English, tr. Byron & Victoria Sewell, 2012

Patimatli ali Alice tu Vâsilia ti Ciudii, *Alice* in Aromanian, tr. Mariana Bara, 2015

Алесіны прыгоды ў Цудазем'і (Alesiny pryhody u Tsudazem'i), *Alice* in Belarusian, tr. Max Ščur, 2016

На тым баку Люстра і што там напаткала Алесю (Na tym baku Liustra i shto tam napatkala Alesiu), *Looking-Glass* in Belarusian, tr. Max Ščur, 2016

Снаркаловы (Snarkalovy), *The Hunting of the Snark* in Belarusian, tr. Max Ščur, 2016

Crystal's Adventures in A Cockney Wonderland, *Alice* in Cockney Rhyming Slang, tr. Charlie Lovett, 2015

Aventurs Alys in Pow an Anethow, *Alice* in Cornish, tr. Nicholas Williams, 2015

Alice's Ventures in Wunderland, *Alice* in Cornu-English, tr. Alan M. Kent, 2015

Alices Hændelser i Vidunderlandet, *Alice* in Danish, tr. D.G., Forthcoming

آلیس در سرزمین عجایب (Âlis dar Sarzamin-e Ajâyeb),
Alice in Dari, tr. Rahman Arman, 2015

La Aventuroj de Alicio en Mirlando,
Alice in Esperanto, tr. E. L. Kearney (1910), 2009

La Aventuroj de Alico en Mirlando,
Alice in Esperanto, tr. Donald Broadribb, 2012

Trans la Spegulo kaj kion Alico trovis tie,
Looking-Glass in Esperanto, tr. Donald Broadribb, 2012

Les Aventures d'Alice au pays des merveilles,
Alice in French, tr. Henri Bué, 2015

Les Aventures d'Alice au pays des merveilles,
Alice in French, tr. Henri Bué, illus. Mathew Staunton, 2015

Alisanın Gezisi Şaşilacek Yerdä,
Alice in Gagauz, tr. Ilya Karaseni, 2016

ელისის თავგადასავალი საოცრებათა ქვეყანაში
(Elisis t'avgadasavali saoc'rebat'a k'veqanaši),
Alice in Georgian, tr. Giorgi Gokieli, 2016

Alice's Abenteuer im Wunderland,
Alice in German, tr. Antonie Zimmermann, 2010

Die Lissel ehr Erlebnisse im Wunnerland,
Alice in Palantine German, tr. Franz Schlosser, 2013

Der Alice ihre Obmteier im Wunderlaund,
Alice in Viennese German, tr. Hans Werner Sokop, 2012

Balþos Gadedeis Aþalhaidais in Sildaleikalanda,
Alice in Gothic, tr. David Alexander Carlton, 2015

Nā Hana Kupanaha a ʻĀleka ma ka ʻĀina Kamahaʻo,
Alice in Hawaiian, tr. R. Keao NeSmith, 2016

Ma Loko o ke Aniani Kū a me ka Mea i Loaʻa iā ʻĀleka
ma Laila, *Looking-Glass* in Hawaiian, tr. R. Keao NeSmith, 2016

Aliz kalandjai Csodaországban,
Alice in Hungarian, tr. Anikó Szilágyi, 2013

Eachtra Eibhlíse i dTír na nIontas,
Alice in Irish, tr. Pádraig Ó Cadhla (1922), 2015

Eachtraí Eilíse i dTír na nIontas, *Alice* in Irish, tr. Nicholas Williams, 2007

Lastall den Scáthán agus a bhFuair Eilís Ann Roimpi, *Looking-Glass* in Irish, tr. Nicholas Williams, 2009

Le Avventure di Alice nel Paese delle Meraviglie, *Alice* in Italian, tr. Teodorico Pietrocòla Rossetti, 2010

Alis Advencha ina Wandalan, *Alice* in Jamaican Creole, tr. Tamirand Nnena De Lisser, 2016

L's Aventuthes d'Alice en Êmèrvil'lie, *Alice* in Jèrriais, tr. Geraint Williams, 2012

L'Travèrs du Mitheux et chein qu'Alice y dêmuchit, *Looking-Glass* in Jèrriais, tr. Geraint Williams, 2012

Әлисәнің ғажайып елдегі басынан кешкендері (Älïsäniñ ğajayıp eldegi basınan keşkenderi), *Alice* in Kazakh, tr. Fatima Moldashova, 2016

Алисанын Кызыктар Өлкөсүндөгү укмуштуу окуялары (Alisanın Kızıktar Ölkösündögü ukmuştuu okuyaları), *Alice* in Kyrgyz, tr. Aida Egemberdieva, 2016

Las Aventuras de Alisia en el Paiz de las Maraviyas, *Alice* in Ladino, tr. Avner Perez, 2016

לאס אב׳ינטוראס די אליסייה אין איל פאאיס די לאס מאראב׳ילייאס (Las Aventuras de Alisia en el Paiz de las Maraviyas), *Alice* in Ladino, tr. Avner Perez, 2016

Alisis pīdzeivuojumi Breinumu zemē, *Alice* in Latgalian, tr. Evika Muizniece, 2015

Alicia in Terra Mirabili, *Alice* in Latin, tr. Clive Harcourt Carruthers, 2011

Aliciae per Speculum Trānsitus (Quaeque Ibi Invēnit), *Looking-Glass* in Latin, tr. Clive Harcourt Carruthers, Forthcoming

Alisa-ney Aventuras in Divalanda, *Alice* in Lingua de Planeta (Lidepla), tr. Anastasia Lysenko & Dmitry Ivanov, 2014

La aventuras de Alisia en la pais de mervelias, *Alice* in Lingua Franca Nova, tr. Simon Davies, 2012

Alice ehr Eventüürn in't Wunnerland, *Alice* in Low German, tr. Reinhard F. Hahn, 2010

Contoyrtyssyn Ealish ayns Çheer ny Yindyssyn,
Alice in Manx, tr. Brian Stowell, 2010

Ko Ngā Takahanga i a Ārihi i Te Ao Mīharo,
Alice in Māori, tr. Tom Roa, 2015

Dee Erläwnisse von Alice em Wundalaund,
Alice in Mennonite Low German, tr. Jack Thiessen, 2012

Auanturiou adelis en Bro an Marthou,
Alice in Middle Breton, tr. Herve Le Bihan & Herve Kerrain, Forthcoming

The Aventures of Alys in Wondyr Lond,
Alice in Middle English, tr. Brian S. Lee, 2013

L'Avventure d'Alice 'int' 'o Paese d' 'e Maraveglie,
Alice in Neapolitan, tr. Roberto D'Ajello, 2016

L'Aventuros de Alis in Marvoland, *Alice* in Neo, tr. Ralph Midgley, 2013

Elises Eventyr i Undernes Land: den første norske *Alice*:
Elise's Adventures in the Land of Wonders: the first Norwegian *Alice*,
Alice in Norwegian, ed. & tr. Anne Kristin Lande, 2016

Æðelgýðe Ellendæda on Wundorlande,
Alice in Old English, tr. Peter S. Baker, 2015

La geste d'Aalis el País de Merveilles,
Alice in Old French, tr. May Plouzeau, 2016

Alitjilu Palyantja Tjuta Ngura Tjukurmankuntjala (Alitji's Adventures in Dreamland), *Alice* in Pitjantjatjara, tr. Nancy Sheppard, 2016

Alitji's Adventures in Dreamland: An Aboriginal tale inspired by *Alice's Adventures in Wonderland*, adapted by Nancy Sheppard, 2016

Alice Contada aos Mais Pequenos,
The Nursery "Alice" in Portuguese, tr., Rogério Miguel Puga, 2015

Соня въ царствѣ дива (Sonia v tsarstvie diva):
Sonja in a Kingdom of Wonder,
Alice in facsimile of the 1879 first Russian translation, 2013

Охота на Снарка (Okhota na Snarka),
The Hunting of the Snark in Russian, tr. Victor Fet, 2016

La Aventures as Alice in Daumsenland,
Alice in Sambahsa, tr. Olivier Simon, 2013

Ocolo id Specule ed Quo Alice Trohv Ter,
Looking-Glass in Sambahsa, tr. Olivier Simon, 2016

'O Tāfaoga a 'Ālise i le Nu'u o Mea Ofoofogia,
Alice in Samoan, tr. Luafata Simanu-Klutz, 2013

Eachdraidh Ealasaid ann an Tìr nan Iongantas,
Alice in Scottish Gaelic, tr. Moray Watson, 2012

Alice's Adventchers in Wunderland,
Alice in Scouse, tr. Marvin R. Sumner, 2015

Mbalango wa Alice eTikweni ra Swihlamariso,
Alice in Shangani, tr. Peniah Mabaso & Steyn Khesani Madlome, 2015

Ahlice's Aveenturs in Wunderlaant,
Alice in Border Scots, tr. Cameron Halfpenny 2015

Alice's Mishanters in e Land o Farlies,
Alice in Caithness Scots, tr. Catherine Byrne 2014

Alice's Adventirs in Wunnerlaun,
Alice in Glaswegian Scots, tr. Thomas Clark, 2014

Ailice's Anters in Ferlielann,
Alice in North-East Scots (Doric), tr. Derrick McClure, 2012

Alice's Adventirs in Wonderlaand,
Alice in Shetland Scots, tr. Laureen Johnson, 2012

Ailice's Àventurs in Wunnerland,
Alice in Southeast Central Scots, tr. Sandy Fleemin, 2011

Ailis's Anterins i the Laun o Ferlies,
Alice in Synthetic Scots, tr. Andrew McCallum, 2013

Alice's Carrànts in Wunnerlan,
Alice in Ulster Scots, tr. Anne Morrison-Smyth, 2013

Alison's Jants in Ferlieland,
Alice in West-Central Scots, tr. James Andrew Begg, 2014

Alice muNyika yeMashiripiti,
Alice in Shona, tr. Shumirai Nyota & Tsitsi Nyoni, 2015

Алисаның қайғаллығ Черинде полған чоруқтары
(Alisanyñ qayğallyğ Çerinde polğan çoruqtarı),
Alice in Shor, tr. Liubov' Arbachakova, 2016

Alis bu Cëlmo dac Cojube w dat Tantelat,
Alice in Ṣurayt, tr. Jan Beṯ-Ṣawoce, 2015

Alisi Ndani ya Nchi ya Ajabu, *Alice* in Swahili, tr. Ida Hadjuvayanis, 2015

Alices Äventyr i Sagolandet, *Alice* in Swedish, tr. Emily Nonnen, 2010

'Alisi 'i he Fonua 'o e Fakaofo',
Alice in Tongan, tr. Siutāula Cocker & Telesia Kalavite, 2014

Ventürs jiela Lälid in Stunalän, *Alice* in Volapük, tr. Ralph Midgley, 2016

Lès-avirètes da Alice ô payis dès mèrvèyes,
Alice in Walloon, tr. Jean-Luc Fauconnier, 2012

Anturiaethau Alys yng Ngwlad Hud, *Alice* in Welsh, tr. Selyf Roberts, 2010

I Avventur de Alìs ind el Paes di Meravili,
Alice in Western Lombard, tr. GianPietro Gallinelli, 2015

Di Avantures fun Alis in Vunderland,
Alice in Yiddish, tr. Joan Braman, 2015

Alises Avantures in Vunderland,
Alice in Yiddish, tr. Adina Bar-El, Forthcoming

Insumansumane Zika-Alice,
Alice in Zimbabwean Ndebele, tr. Dion Nkomo, 2015

U-Alice Ezweni Lezimanga, *Alice* in Zulu, tr. Bhekinkosi Ntuli, 2014

www.ingramcontent.com/pod-product-compliance
Ingram Content Group UK Ltd.
Pitfield, Milton Keynes, MK11 3LW, UK
UKHW041824200726
13854UKWH00002BA/555